그림으로 읽는 수필

어쩌다 속초

그림으로 읽는 수필

어쩌다 속초

저 자 | 서미숙
발행자 | 오혜정
펴낸곳 | 글나무
주 소 | (04551) 서울시 은평구 진관2로 12, 912호(메이플카운티2차)
전 화 | 02)2272-6006
등 록 | 1988년 9월 9일(제301-1988-095)

2023년 10월 30일 초판 인쇄 · 발행

ISBN 979-11-87716-91-4 03810

값 10,000원

* 2023 속초문화예술지원사업(문화예술인)
* 이 책은 SOKCHO 문화도시속초 속초시, 속초문화관광재단 (재)속초문화관광재단 후원으로 발간되었습니다.

그림으로 읽는 수필

어쩌다 속초

서미숙 지음

| 들어가는 글

어쩌다 보니 속초에 와 살게 되었다.

서울에서 태어나 속초살이를 한지 26년 차이다.

속초에 산다는 것은 누군가 선택받은 사람들이라고 했다.

처음에는 그랬었다.

아름다운 산과 바다를 매일 볼 수 있다는 것에 감탄하며 살았고

매일 매일이 아름다움의 극치를 바라보며 사는 삶이 행복했었다.

가끔은 나의 고향 서울이 서럽게 그리울 때도 있었다.

그렇게 가끔은 삶이 되다 보니 힘겨울 때도 있다.

처음 이사와 맞이한 4월의 폭설은 황홀감에 빠져들고

두 해가 지나고 여러 해가 지나면서는 일상의 삶이 걱정되었다.

"살아봐라 눈이 좋은지…" 살아보니 힘들다.

그래도 이만큼 속초살이로 잘살아왔으니 성공한 셈인가 싶다.

가끔은 겨울 왕국 속에 갇혀 벌이를 걱정할 때도 있었지만

그래도 다 살아가더라 이거다.

살아가야 한다. 더 열심히 글을 쓰며 아이들을 가르치며
그림을 그리며 그렇게 살아가야 한다.
소소한 나의 26년간의 삶을 스케치해 본다.

담아내다.
그리움을 담고
이야기를 담고
향기를 담고
바람을 담고
소소한 일상으로 이야기를 풀어내다.

차례

2부 새로운 삶

차례

1부

속초라는 곳

첫 발령

첫 발령을 받았다. 속초라는 작은 도시였다. 서울 살면서 처음 들어본 동네 속초. 밤새 이삿짐을 싸고 정든 내 고향 서울을 떠나왔다.

"어디로 간다고?"

"속초래. 속초"

"어머, 바다 동네야. 정말 좋겠다."

"우리 꼭 놀러 갈게."

이사 가는 것이 아쉽다는 친구들과 동네 사람들과의 첫 이별을 하고 우리는 속초에 머무르게 되었다.

우리가 이사를 온 곳은 작은 시골마을이었다. 공무원이라는 체계가 발령이 나면 그다음 날 바로 발령지로 출근을 해야 해서 이곳, 저곳 가릴 수 없이 급하게 집을 얻었다.

마당에는 커다란 목련 나무와 락일락 나무가 있었다. 무더운 여름날이라 이미 꽃들은 지고 없었지만 내년에 예쁜 꽃들이 필 거라는 기대감과 마당이 넓은 것이 맘에 들었다. 그리고 뒷마당까지 있어 우리는 너무 좋아서 이리 뛰고 저리 뛰고 살림을 풀어놓을 생각도 하지 않고 이방 저방 구경하면서 아이들과 좋아라했다.

시골 내음이 물씬, 그리고 바다 비린내가 풍기는 그런 촌스러운 속초의 삶이 시작되었다.

작은 학교

방학 막바지에 온 이사라 우선 아이들 학교 전학이 급했다. 여기저기 알아보니 동네에 작은 학교가 배정되었다. 아이들을 데리고 가본 속초의 첫 동네 운동장에서 바다가 보였다.

"세상에~~ 애들아, 바다다."

학교 운동장에서 우리는 여기저기 구경하며 놀고 있었다. 허스름한 옷을 입은 옛말로 소사(학교를 지키는 아저씨) 같은 분이 말을 거셨다.

"아니 아이들이 학교 갈 시간인데 여기서 뭐 하시는지요?"

"아예, 아이들 전학 시키러 왔어요."

"그런가요? 그럼 빨리 전학 절차를 밟으세요."

"여기는 이미 개학을 했습니다. 내일부터 아이들 등교시켜야지요."

"예, 알겠어요. 조금만 더 놀다가요. 학교가 너무 예뻐서요. 바다가 보이잖아요. 학교가 바다가 보인다니 말도 안 되잖아요."

"아니 어디서 오셨어?"

"서울이요."

자꾸만 말을 시키는 아저씨가 조금은 귀찮아졌다.

'아저씨 볼일 보세요. 우리는 조금만 더 놀다가 전학 절차 밟을 거니까요.'

그분은 그냥 어디론가 들어가셨다. 한참을 놀다 보니 시간 가는 줄도 몰랐다. 시계를 보니 4시가 다 되었다. 다시 그 아저씨가 나왔다.

"얼른 전학 절차 밟아요. 곧 퇴근들 하시니."

'알았다고요. 참내' 하고는 교무실을 찾아 들어갔다.

"저어기~"

"어서 오세요."

'아 아까 그 아저씨네' "여기 교감 선생님을 좀 뵈러…"

"내가 교감이요. 어서어서 앉아요."

'헉~~' "아 죄송합니다. 몰라 뵙고."

"괜찮아요. 어서 전학 절차나 밟아요."

우리는 전학을 시키고 교감 선생님께 죄송 반 기쁨맘 반으로 학교를 나왔다. 초등 2학년 큰애는 그렇게 속초에서의 삶을 시작했다. 작은 아이는 마땅한 유치원이 없어서 그냥 학원을 보내기로 했다. 태권도 학원을 원해서 그렇게 했다. 속초에서의 하루가 어떻게 갔는지 모르겠다.

장사동 바닷가

속초에 와서 처음 가보는 바닷가, 집에서 가장 가까운 장사동이라는 바다로 갔다. 세상에 이것이 무엇인지… 바다에 작은 은빛 고기떼들이 올라왔다. '와 이게 뭐지?' 사람들이 멸치라고 했다. 다른 사람들은 바구니며 뜰채를 갖고 와서 막 퍼냈다. 우리는 아무것도 준비된 것이 없어 그냥 멍하니 바라보기만 하고 있는데… 퍼내는 아주머니 한 분이 "뭐해요? 집 가까우면 어서 소쿠리 갖고 와서 퍼가요." "아예…" 부랴부랴 나는 다시 집으로 와서 소쿠리를 갖고 다시 바다로 갔다.

세상에 이것이 무엇인가? 아이들은 소리를 지르며 바구니로 고기들을 퍼내었다. 멸치보다 조금 큰 물고기도 따라왔다. 그것은 고등어라고 했다. 세상에 태어나 처음 보는 광경이다. 푸르른 바다 위에 은빛들의 작은 물체가 춤을 춘다. 푸른색과 은빛과 조화를 이루며 파도가 넘실댄다. 너무나 아름다운 풍경에 더 해 해도 지고 있다. 다시 바다는 붉은빛으로 물이 들고 우리는 이사와 첫 황홀한 바다의 풍경을 보았다.

조그마한 바구니에 가득 담긴 멸치, 다른 분들은 바닷가에 앉아서 바로 그 자리에 초고추장에 멸치를 통째로 찍어 드셨다. 우리는 그 모습이 어색해서 그냥 물끄러미 바라다보고 있는데… "이리와 멸치 한 번 먹어봐요." "으으으으 싫어요. 살아 있잖아요." "이렇게 먹는 거야요." 하면서 통째 초고추장을 찍어 한 마리 주셨다. '으으으' 하면서 날름 받아먹었다. 에라, 모르겠다. 옆에서 두 아이들은 "엄마, 엄마" 하면서 어찌할 바를 모르며 서 있었다. 쩝쩝 태어나 처음 먹은 생선 생물? 오마이갓 그 기가 막힌 맛이란. 고소하고 먹어본 사람만 알리라.

더 먹으라고는 했지만 조금 꺼림직해서 죽고 난 다음 먹으려고 아이들과 서둘러서 집으로 왔다. 죽은 멸치들을 확인하고 초고추장에 찍어서 먹었다. 날름, 날름 아이들과 맛있게 먹었다. 아이들도 처음에는 꺼리더니 고기, 고기 하면서 받아먹었다. 조금 남아서 멸치젓갈을 만들자는 계획으로 굵은 소금으로 막 뿌려 냉장고에 넣었다. 나중에 잘 삭았는지 어쨌는지는 모르지만 이상한 멸치젓갈이 되어서 겨울에 일단 김장하는 데에 넣었다. 그래서 그런지 첫해 속초에서의 김장 김치는 너무 맛있었다.

마당과 화장실

이삿짐을 정리하고 며칠이 지났다. 그런데 여름비가 왔다. 마당은 흙으로 되어 있어서 너무 불편하고 불도 없었다.

화장실도 마당에 있어서 너무나 불편한 집이었다. 한 사람이라도 화장실을 가려 하면 우르르 셋이 가야 한다. 어른인 나도 혼자 화장실 가는 것이 무서웠다. 비가 오면 우산을 들고 어두운 시골집 마당을 지나 화장실을 가야 한다. 어서 볼일을 보라고 냄새 난다며 코를 막고 난리가 아니다. 비가 오는 날이면 밖에서 기다릴 수 없는 형편이니 말이다.

도저히 이렇게는 못 살겠다고 남편에게 수없이 이야기를 했으나 뭐가 무섭냐고 '앞으로 여기서 계속 살아야 하는데' 하면서 말로만 해결해 주겠다. 하고 그게 끝이었다. 속상해서 동생들한테 이야기를 하니 셋째 제부가 내려와서 마당에 환한 가로등을 달아주고 갔다. 그 이후 혼자 가는 화장실이 무섭지 않았다.

속초의 삶은 그렇게 시작되었다. 가끔 화장실을 가면서 올려다본 속초의 하늘은 서울과 다른 것 같았다. 하늘이 맑고 투명한 듯 밤에도 별들이 많이 보였다. 아름다운 속초의 밤들은 흘러갔다.

운전 면허

서울에서 운전 면허를 따다 말고 왔다. 속초에 와 운전을 못하니 차도 없고 너무 불편했다. 스틱으로 따는 마지막 면허 시험을 치러 강릉으로 나가야 했다. 사람들이 몰려서 우리는 새벽에 나가 줄을 서야 했다. 새벽 내내 줄 서서 겨우 운전 면허를 땄다. 이번에 못 따면 오토로 따야 해서 다시 운전학원을 다녀야 함으로 그동안 배워 익혔던 것들이 소용없어지니 아까워 어마어마한 경쟁을 뚫고 면허를 땄다. 늘 나는 거저 얻는 것이 없는 인생이라고 푸념을 하고는 투덜거리며 돌아왔다.

항상 뭐든 한 번에 되는 것은 없다. 늘 머피의 법칙이 존재했다. 면허를 땄으니 차를 사달라고 졸랐다. 아직 미숙하니 중고차를 사라는 친구들의 권유에도 남편은 위험하다며 새 차를 사주었다. 그때 처음 출시되었던 '누비라'라는 대우 차였다. 속초를 내 맘대로 누비고 다니라고 누비라를 사줬다. 그러나 처음 차가 온 날 덜덜덜 떨렸다. 무서웠고 너무나도 겁이 났다. 일주일 내내 몰지 않고 세워두기만 했다. 그럴 거면 뭐 하러 샀냐고 남편은 난리를 부렸다.

휴, 저 잔소리에 한 번 끌고 나가보자. 아이들을 태우고 가보기로 했다. 혼자는 도저히 무서워 못 가겠다. 아이들은 철없이 신나 했다. 덜덜덜 가슴을 졸이고 핸들 잡은 손은 후덜덜덜 막 떨렸다. 그래도 나가 보자, 차를 끌고 거리로 나갔다. 왼쪽 좌회전으로 틀어서 나가야 하는데… '헉' 거리 중간에 걸리고 말았다. 한 번에 돌릴 수가 없었다. 뒤에서 큰 트럭이 빵~~ 빵~~ 거리며 온다. 아이들은 무섭다고 난리 치고 난 더 당황했다.

할 수 없이 나는 내려서 수신호로 '서요, 서요.' 소리를 지르며 거리에 나섰다. 그 광경을 본 트럭 아저씨는 내가 초초보임을 알아채고 천천히 돌리라고 손짓으로 위로를 해주셨다. 뒤에서는 빵빵 클랙션을 울려대고 생난리가 났었다. 그러나 커다란 트럭이 앞을 막고 있으니 어쩔 수 없는 노릇이다.

겨우 차를 돌려서 길가에 세우고 덜덜 떨면서 내려서 구십도로 인사를 하니 그분은 시크하게 가셨다. 그 뒤를 따라오던 많은 차들이 나를 손짓으로 비아양거리며 그 길을 떠나갔다.

하루가 너무 긴 날이었다. 첫날 차를 끌고 나가 차 앞 범퍼를 벅벅 긁어 놨다. 면허 딴 것을 후회했었다.

손님

속초에 사니 너나 할 것 없이 휴가철이든 아니든 서울에서 손님들이 끊이지 않았다. 장사를 하는 것도 아닌데 나는 그 손님들을 치루기 바빴고 쌀을 20킬로도 안 먹는 우리 가족은 그해 여름 한 달 동안 쌀을 60킬로 먹었다. 경제적인 것을 벗어나 밥을 해 먹이는 일이 너무 힘들었다.

화가 나서 '친구들에게 콘도 얻어서 오라'고 하며 싸웠다. 아이들은 공부도 해야 하는데 허구헌 날 주말이면 바다다, 어디다 놀러 다니느라 바빴다. 공부에 집중하기는커녕 내가 키웠던 훈육의 방식은 다 날아가고 아이들은 제멋대로 버릇도 없어지기 시작했다.

교육을 할 수가 없었다. 비록 1학년이었지만 서울에서 반에서 공부를 제일 잘했고, 반장으로 선생님 칭찬에 입이 마를 날이 없던 아이를 속초에 와 다 버렸다고 나는 난리를 부리며 또 싸웠다. 남편은 아직 어린데 공부 타령이냐고 좀 놀게 두라고 하였다. 많은 갈등이 일었다.

'하나, 두울, 셋' 하기 전까지 엄마 말을 잘 듣던 아이들이다. 그런데 주말마다 오는 손님들 뒤에 숨에서 말을 듣지 않게 되었다.

속초는 관광지이다 보니 바닷가 여기서기 살이 훤히 비치는 패션의 풍경들이다. 속초 거리 곳곳마다 쏟아져 보이는 그 모습이 난 너무 싫었다. 그 모습들이 교육에 안 좋다 느꼈기 때문이다. 일단 딸아이를 키우는 입장이라 단속하기 바빴고 속초에 온 것을 많이 후회했었다.

손님들이 휩쓸고 간 주말 저녁이 되면 아이들은 휑한 외로움을 느꼈고, 나는 아이들이 놀이 문화로 물들어 가는 것 같은 느낌이 들어 많이 속이 상했었다. 그래서 손님들이 그만 왔으면 좋겠다고 했다. 친구들을 너무나 좋아하는 그 사람 때문에 또 다른 갈등들이 추가되었다. 그들은 즐겁게 놀다 가면 그만이지만 여기에 사는 실생활에는 그런 놀이 문화가 썩 반갑지는 않았다.

나의 강력한 항의에 '손님들은 콘도를 잡아주고 집으로는 오지 않게 하기'. 그리고 '주말마다 오지 않기'. 그리고 '아이들 교육에 힘쓸 것'을 약속하며 하루를 마무리하였다.

속초의 첫눈

속초에 이사와 첫 겨울을 맞았다. 첫눈이 내렸다. 엄청나게 눈이 내렸다. 어른 허벅지까지 푸욱 빠졌다. 마당에 수북하게 쌓은 눈이 모든 것을 덮어버렸다. 하늘은 너무 아름답도록 청명하고 우리 마당에 비추는 파아란 하늘과 눈의 묘사는 겨울왕국 속의 모습이었다.

아이들하고 신이 나서 밖으로 나가고 싶었다. 그런데 대문이 열리지 않았다. 나가려고 밀자 '콰다당 꽝' 하고 대문은 부서져 버렸다.

골목 어귀에는 동네 어르신들이 눈길을 쓸고 계셨다. 우리도 플라스틱 비를 하나씩 들고 나섰다. 어르신은 '그 비로 뭐하게' 하시면서 싸리나무로 만든 비를 주셨다. 그러시고 나서 다른 어르신이 대문을 고쳐주신다고 망치며 연장을 들고 오셨다.

"눈이 그렇게 좋더냐?

"예~"

아이들과 나는 이구동성으로 소리를 쳤다. 그러자그 어르신은 "살아봐라, 눈이 좋은지."라고 하셨다.

마당 가득 비춘 파아란 하늘은 어느새 잿빛으로 뭉게뭉게 구름과 함께 사라졌다.

꽈당~ 문, 부서졌다

감나무

서울에서 온 지 얼마 되지 않으니 여기저기 구경을 다니고 싶었었다. 그러다 우연한 기회에 양양이란 곳을 가게 되었다. 가는 길가에 많은 감나무들이 보였다. 세상에 감나무가 이렇게 많다니 원체 감을 좋아하는 나로서 횡재를 한 기분이다.

다음에 저것을 따러 와야겠다 맘먹고 있었는데 마침 서울 친구들이 놀러 왔다. 감 따러 가자며 거침없이 앞장섰다. 도대체 감나무가 어디에 그렇게 많은지 한번 가보자고 해서 내 뒤로 차를 다섯 대를 이끌고 양양으로 향했다.

"저기 보라고, 감나무 천지야. 저거 다 따자!"

"아휴, 이 바보야. 참내…"

"왜? 저거다 감나무잖아?"

"야~ 큰일 나, 절도범으로 잡혀가."

"왜? 길거리에 저렇게 많이 달려 있는데, 주인이 어디 있다고 그래?"

"다 주인 있는 감나무라고."

"이상하다, 길가도 주인이 있나?"

서로를 이해할 수 없는 상황이라고 하며 감나무 사건은 그렇게 마무리 되고 말았다.

지금은 그런 풍경은 거의 볼 수가 없다. 하지만 가끔 양양을 지나다 보면 피식 웃음이 나온다.

도루묵과 고등어자반

'도루묵' 그 이름조차 생소했다. 남편이 커다란 거 스무 마리쯤 얻어 왔다. 맛있게 지져 놓으라는 말에 징그러운 알은 몽땅 빼서 버리고 무 넣고 자글자글 맛깔나게 지져 놓았다.

냄비 뚜껑을 여는 순간 "아니 알은 어디 갔어?" "알? 다 버렸지" "이런, 그 알 때문에 먹는 건데." 한바탕 도루묵알 때문에 소동이 났다.

그날 난 부엌 귀퉁이에서 울었다.

'도루묵알이 맛있다는 걸 당신은 알려주지 않았잖아.'

그때는 말하지 못했다. 내가 모르는 걸 먹는 그가 이상했다.

십여 년이 지나고 난 후, '왜 우리는 서로 맛있어 하는 음식조차 묻지 않았지?' 지금도 알 빼고 도루묵 찌개를 해놓고 중얼거린다. 저게 뭐가 그리 맛있다고… 그것조차 알려 주지 않았는지.

서울에서 살 때도 남편이 고등어자반이 먹고 싶다고 했다. 나는 시장에 가서 고등어를 사 와 연탄 화덕을 사고 번개탄까지 피워 가며 소금 솔솔 뿌려 맛있게 구웠다.

정성껏 구운 고등어자반을 밥상에 올려놓은 순간, "고등어자반은 이게 아니라고" 남편이 신경질을 부렸다.

썩을 인간…

"난 고등어자반은 고등어 사다 소금 뿌리면 자반인 줄 알았지. 소금물에 담가 놓은 고등어가 자반인 줄 어찌 알아. 그게 그거지. 한 번도 고등어와 자반이 다르다는 걸 설명해 주지 않았잖아, 이 강원도 감자야" 하며 울며 싸웠다.

그날 또 나는 부엌 귀퉁이에서 서럽게 울었다. 지는 내가 살던 광화문도 모르는 강원도 촌놈이… 싱싱한 고등어 사다 구워 준 내 맘도 모른다.

개판

서울에서 키우던 개들을 누군가에게 다 준 줄 알았는데 속초로 데려와 집안은 개판이 되었다. '콜리'라는 품종과 '퍼그'라는 품종 그리고 일명 똥개 한 마리. 그렇게 일곱 마리로 개판이 시작되었다. 집에서 개 키우는 것에 극구 반대하는 것을 무릅쓰고 용감한 그는 마당에 이백만 원이나 들여 개집을 커다랗게 지었다.

개판만 만들어 놓고 관리는 내 몫이었다. 하루에 나오는 수많은 개똥들. 나는 매일 구역질을 하면서 생전 해보지도 않던 삽질을 하며 개똥을 치워야 했고 어느새 개 관리사가 되어 있었다.

마당이 흙으로 되어 있어 비가 오면 개 비린내가 났고, 개집 문이라도 열린 날은 정말 개판이었다. 역한 냄새와 개 짓는 소리에 동네에서 민원이 들어오고 자주 경찰들이 집으로 왔다. 조용하던 시골 동네를 개판으로 만든 우리가 너무 싫었던 것이다. 나도 싫었다. 바다를 보고 흙냄새를 맡으며, 텃밭에 상추랑 고추랑 갖가지 야채를 심어 솔솔한 재미를 느낄 것이라고 생각했던 시골 속초의 생활은 지옥 그 자체였다.

어느날, 아침나절 잠깐 외출한 사이 (그 사람은 내가 개를 풀어놓지 못하게 하는 기회를 찾아) 개만 풀어놓고 사라졌다. 금방 버리려고 했던 쓰레기 더미를 개들이 다 풀어놓아 그야말로 개판이 되어버렸다. 너무 화가 났다. 나보다 개를 위하는 그가 너무 싫었다. 그러기를 하루 이틀도 아니고 일상이 되니 미쳐버릴 것 같았다. 나도 하루 날 잡아 그 사람을 골탕 먹일 작정으로 개판(?)이 된 집을 치우지 않았다. 그러나 그 정도로 아랑곳하지 않는 그 사람과의 갈등은 끝내 전쟁이 되었다.

속초의 생활은 너무나도 힘이 들었다. 여름이면 친구들로 버글버글 했고, 우리는 바닷가에 사는 날이 많았다. 집에서 잔 기억들도 거의 없었고, 겨울이면 스키장으로… 이것은 평범한 삶이 아닌 듯했다. 다시 서울로 가야겠다는 마음을 먹고 준비를 했다. 그러나 싸움과 화해를 반복하는 사이 시간은 어느새 2년이 흘러갔다.

공무원들은 2년에 한 번 발령이 난다. 서로가 갈등으로 지쳐갈 쯤 다행히 그는 강릉으로 발령이 났다. 수없이 찾아오는 친구들은 강릉으로 그를 만나러 갔다. 속초의 나의 일상은 잠잠한 생활이 되었다.

설악산

그가 없는 얼마 만의 자유인지, 난 아이들과 여기저기 속초 곳곳을 돌아다녔다. 교육적인 것에 집중을 하면서 주말마다 여기저기 다녔다.

그중에서 가장 좋았던 설악산을 자주 갔었다. 아침 일찍 아이들과 일성콘도 목욕탕에 가서 시원하게 씻고, 맛있는 밥을 골라 사 먹으며 상큼한 나무들과 푸르디푸른 설악 하늘의 멋진 풍경들을 탐방하여 사진도 많이 찍었었다. 신흥사며 화엄사며 절을 구경하고 오는 길, 그곳 풍경에서 나오는 초록의 내음들이 너무 좋았다.

속초 바다를 거닐며 아이들과 모래를 밟아가며 즐겼다. 새로운 속초의 삶을 사는 것 같았다. 그리고 일주일에 한 번 만나는 남편과의 생활도 썩 괜찮았다. 아이들도 놀이 문화를 접고 학교 생활과 또 다른 도시에서의 일반적인 삶에 익숙해졌다. 나의 속초의 삶도 그렇게 무르익어 갔다.

신흥사
울산바위
흔들바위
금강굴
비선대
커피볶는 향유

시장 구경

아이들과 속초 시장 구경을 나섰다. 서울에서 살 때부터 재래시장을 자주 다녔었다. 속초의 시장도 구경하고 싶었다. 여러 가지 생선들로 가득한 생선 골목은 서울의 노량진 수산시장을 보는 듯했다. 갖가지 나물들과 시골 냄새가 물씬 풍기는 듯했다.

나는 생선들 중에서 꽁치를 워낙에 좋아했다. 시장에 꽁치가 여기저기 그득그득했다. 더구나 속초 바다에서 잡는 것이라 하니 더 반가웠다. 할머니들이 좌판에 꽁치를 깔아 놓고 서로 자기네 것을 사라고 호객 행위를 했다. 어디서 사야 할지 막막하던 차, 그래도 선하게 생긴 할머니한테 열 마리를 샀다.

그런데 집에 와서 세어 보니 이상했다. 거기서는 분명 열 마리였는데 아홉 마리다. 그리고 잘다. 분명 크고 좋았었는데 이게 뭐지 싶었다. 조금 아까운 마음이 들었지만 다시 가기도 번거롭고, 잘못 세었겠지 하고 아이들과 구워서 맛있게 먹었다.

지인들과 통화할 일이 있어서 꽁치 이야기를 했더니 '네가 서울말을 쓰니 뜨내기 서울 사람인 줄 알고 속인 거'라고 한다. 앞으로 시장 가서 속초 말을 배워서 쓰라고 한다. '뭣이라? 세상에 그런 일이 있어? 눈 뜨고 코 베어 갈 세상이네.' 시골이라 인심이 후한 줄 알았다고 하니 순진하다고 다음부터는 그 자리에서 바로 확인하고 사라는 것이다.

순진하게 보였던 그 할머니가 너무 미웠다. 그다음에 시장을 갈 일이 있어 그 할머니한테 가서 왜 열 마리를 다 안 주셨냐고 하니, 오히려 버럭 화를 내면서 소리를 지르는 거였다. 너무 화가 나서 한참을 서 있었더니 좀 떨어진 곳에서 젊은 여자가 내게 오라는 시늉을 했다. 날 보고 어디서 왔냐고 묻길래 서울서 이사 왔다 하니 다음부터는 단골을 정해서 사라고 한다.

그 이후로는 시장을 나가면 속초 사투리를 쓰는 척하면서, 집에 냉장고에 넣어 두면 되냐는 등 내가 속초에 산다는 걸 은근히 드러냈다.

어느날 "그래 얼마래요?" 했더니 할머니가 "니 서울에서 왔지?" 하는 거라. "어찌 알았어요?" "니가 쓰는 말은 강릉 사투리다." 하셨다. 큭큭 웃으면서 "예, 이사 왔어요." 여러 번 속아서 속초 사투리 쓰려고 했다고 하니 웃으면서 앞으로 자기한테 사라고 한다. 가끔 양심 없는 사람들이 있으니 조심하라고 하면서 두어 마리 얹어 주셨다. 젊은 여자와 이 할머니의 생선 종류가 달라서 두 사람을 단골로 삼기로 했다.

지금은 그런 일은 없지만 예전에 있었던 그 일이 기억이 나 지금도 조금 화가 난다. 난 여러 번 당했으니 말이다.

첫 만남들

어느 정도 속초살이가 자리를 잡아 아이들을 학교에 보내 놓고 취미생활이라도 하려고 돌아다니다 우연한 기회에 화실을 보았다. 너무 반가워 들어가서 이런 저런 이야기를 나누다 화실에 나가기로 마음먹었다.

새로운 생활을 시작하는 듯한 마음에 벅차고 하루하루가 너무나 즐거웠었다. 더구나 내가 좋아하는 그림을 다시 그릴 수 있다는 가슴 벅찬 마음에 매일 그곳에 갔다.

한 명 두 명 모이기 시작하면서 우리는 그림쟁이들 모임이 되었다. '속초 토백이냐?' '어디서 왔냐?' 이야기를 나누며 친해지기 시작해 나의 속초에서 첫 인연들이 시작되었다. 별다른 이야기를 하지 않아도 여기저기 속내를 드러내며 우리들의 관계는 더욱 끈끈해지기 시작했다.

그럭저럭 돈독해지며 인연이라는 것을 배웠다. 낯선 타지에서 만난 언니들은 친언니 같았고, 언니들은 나를 늘 보듬어 주고 나는 그 언니들의 힘듦을 다 들어주며 잘 지냈다. 언니들이 하는 말이 '나이도 어린데 자기들보다 언니 같다'고 하면서 나를 참 좋아했었다. 낯선 타지에서 힘겨운 생활들의 하소연을 잘 공감해 주는 좋은 동생으로 지냈다.

그러나 어디든 미꾸라지 한 마리가 온 불을 흐려놓듯, 그 모임도 결국은 한 언니로 인해서 시끄러워지기 시작했다. 나는 그들 사이 중간에 끼어서 어찌할 바를 몰랐고, 더구나 언니들이라 힘들었다. 그러다 한둘 다 빠져나가고 나와 친한 언니 한 명, 그리고 화실 주인장 그렇게 셋만 남았다.

나중에 안 일이지만 두 언니들 역시 서로의 작은 갈등이 있었다고 한다. 그래도 나보다 어른들이라 남의 험담을 하지는 않았던 것이다. 지금 생각해 보면 참 좋은 언니들이었다. 하지만 어디서나 돈이 얽히면 사달이 난다는 것을 알았다. 나는 다행히 빌려주고 다 돌려받았지만 다른 언니는 빌려준 돈을 받는 과정에서 많이 힘들어했고, 결국 한 언니가 속초를 떠나고 나와 언니 한 명, 둘만 남게 되었다.

사람과의 관계가 영원할 수 없듯이 나도 애들이 크고 서로의 삶이 달라지고, 더구나 내가 이사를 하면서 그 언니와의 관계도 서서히 멀어져 갔다. 가끔 화실 찾아가기는 했지만 지금은 거의 연락을 안 한다.

사람의 관계가 영원하지 않는 것이라는 것을 배웠다.

미인도

처음 묵향을 맡았다.

화실에서 만나서 이야기를 주고받은 동양화 전공이신 선생님이 미인도를 배워 보라고 하셨다. 유화를 그리던 나로서는 색다른 도전이기는 하나 그래도 용기를 내어 배우기로 했다.

유화도 가끔 번갈아 그렸다. 언니들을 모델 세워 놓고 그리다가 한 언니의 발가락을 여섯 개로 그려 웃음바다가 된 적도 있었다.

미인도 그리는 일은 신비롭고 새로운 경험이었다. 머리카락 한 올, 한 올을 세필로 그리는 재미가 쏠쏠했다. 시간을 많이 투자해야 완성되는 그림이지만 미인도 그리는 일은 매력 있는 작업이었다.

형광등 아래서 밤새 그린 그림을 아침에 보면 미인도가 벌겋게 술에 취한 듯한 얼굴색이 되었다. 언니들과 발가락 이야기를 다시 하며 웃고 떠드는 시간이 행복 그 자체였다.

'미인도는 낮에 그림을 그려야 색이 잘 나온다'라는 진리를 깨닫고 밤에 그리면 색을 낮보다는 더 엷게 그리곤 했다. 지금은 시력 저하로 미인도를 멈췄지만 언제 가는 다시 그릴 날이 오리라.

버스

운전이 썩 익숙하지 않던 시절이라 가끔은 버스를 타고 시장에 가곤했었다. 그런데 신기하게도 장을 다 보고 난 후 버스를 타러 가면 늘 같은 기사 분이었다. 서울에서는 절대 있을 법한 일이 아니라 나도 모르게 반가워 '안녕하세요?' 하면서 인사를 하고 탔다. 그랬더니 버스 안 사람들이 다 나를 쳐다보는 것이다. 기사 분도 '누구시지?' 하는 표정으로 인사를 받지 않고 당황한 기색을 보였다. 나는 좀 머쓱해져서 그냥 있었다.

그런데 그 이후에 버스를 탔는데 또 그 기사 분이다. '와~ 이런 우연이…' 그리고 장을 보고 다시 버스를 타도 그 기사 분이다. 얼마나 신기하던지 나는 또 인사를 했다. 하도 인사를 하니 어느 순간부터 그 기사 분도 '예, 안녕하세요?'라며 인사를 건넸고, 나는 기분이 좋아졌다.

나중에 알고 보니 그 당시 그곳을 운행하는 버스는 한 대였다. 그러니 그 기사 한 분이 버스를 운행하는 거였고, 나는 매번 그 기사 분을 만날 수밖에 없었던 것이다. 지금 생각하니 얼마나 우스운 일인가?

그래서인가. 속초의 어느 기사 분이 버스를 타는 승객들한테 일일이 '안녕하세요?' 하고 인사를 한다는 소문이 났다. 내심 '내가 시작한 건가' 하는 생각이 들었다. 내 착각일 수도 있지만 기분은 좋은 날들이었다.

지금은 차를 갖고 다녀 버스를 타는 일이 거의 없다. 그래도 우리 서로 낯이 익으면 어디서든 그냥 '안녕하세요?' 하는 동네가 되었으면 좋겠다.

자전거

주말부부이다 보니 운전을 못했던 남편을 아이들과 함께 강릉까지 늘 데려다주었는데 가끔은 너무 힘들었다. 그날은 비가 너무 와서, 방학이고 하니 아예 며칠을 강릉에서 보내자고 했다. 여행 겸 어디라도 가고 싶은 마음에 보따리를 쌌다.

비가 많이 오니 밖에 둔 자전거를 집안에 들여놓아야 했다. 그 당시는 자전거 도둑들이 많았고, 더구나 며칠을 비우니 꼭 그래야만 했다.

나 혼자 들여놓을 수 없으니 같이 들여놓고 가자고 하는데도, 남편과 큰아이는 거들 생각도 없이 그냥 두고 가자고 했다. 그 당시는 CCTV도 없는 상황이라 안 된다고 나는 우겼고 남편은 누가 안 가져간다고 우겼다. 한참실랑이를 벌이다 결국 내가 지고 말았다. 비싸게 산 자전거라 내내 맘에 걸렸다. 강릉에 나가 있는 내내 마음이 쓰여 지인한테 전화를 걸어 자전거를 확인까지 부탁을 했다.

그러나 결국 자전거는 사라지고 말았다. 너무 속상해서 남편과 큰아이에게 소리를 지르고 난리를 부렸다. 설마 한 일이 벌이지고 나니 두 사람 다 할 말을 잃고 죄인처럼 아무 말도 못 했다.

화가 난 나는 '너희 둘은 어쩌면 그렇게 내 말을 허투루 듣느냐'고

화를 냈다. '카드 할부로 산 그 자전거 비싼 거 알아, 몰라?' 하면서 놀러고 뭐고 안 간다고 하고는 애들 둘을 데리고 속초로 돌아와 버렸다.

한 달 만에 새 자전거를 잃어버리고 9개월 동안 남은 카드 할부를 갚았던 기억이 난다. 그 뒤로 큰아이는 자전거를 사달라는 말은 아예 입 밖에도 내지 못했다. 나도 다시는 자전거 이야기를 꺼내지 않았다. 그 뒤로 남편은 내 말을 조금 잘 들어 주었다. 그러나 일주일이 넘지는 않았다.

'남자들이여 여자 말을 잘 들으면 자다가도 떡이 나온다. 꼭 명심하시길 바란다.'

나의 명언이다.

그녀의 이야기

그녀는 가끔 바다는 소리가 없다고 했다. 침묵, 욕망, 설움, 세월, 그리고 희망이라고 한다.

바다를 보면 그 속에 빠져들고 싶어진다. 짙푸른 바닷속에 무엇이 살까? 저속에 가만히 누워 있으면 어떨까? 하늘을 향해 손 벌리고 눕고만 싶은 바다다.

1999년 2월 어느 날, 경포 호수에 서서 액셀러레이터를 밟으려 했다. 자그만하게 들려오는 소리, '엄마 돌아와~' 귀에 앵앵거리는 소리에 브레이크를 밟고 있다. 그리고 강릉을 지나 무작정 동산항 앞 바다에 도착했다. 그곳에 앉아 엉엉 울었다. '그래 네가 없어도 살 수 있어. 네가 가버려도 살 수 있어. 잘 살아라 이놈아'. 고래고래 소리를 질러댔다. 바다가 들으라고 그리고 바다가 삼켜버리라고… 얼마나 울었는지 대여섯 시간쯤 된 것 같다. 모래 자락을 털고 일어나 아무 일 없었던 것처럼 집을 향해 달려왔다.

그리고 훗날 그의 형에게서 들은 이야기. 그놈도 경포 바닷가에서 5시간을 울더라고. 끈질긴 사랑 다툼인 줄 알았던 그 사랑의 찌꺼기를 다 동산항 바다에 버리고 온 날. 그놈도 버렸을까? 아니 버리지 못하기 때문에 울었을 거야. 하고 위로하고 있다.

10년이 지난 후 지금 그놈은 이야기한다. 세상에 너만 한 여자가 없다고. 그리고 너무 많은 잘못을 했다고.

그러나 기억상실이다. 블라인드 속으로 비집고 들어온 아침 소리. 일어나라는 새소리에 잠이 깨었다. 눈 비비고 깨어보니 낯선 곳에 와 있다. 옆에 자고 있는 사람의 숨소리조차 기억상실이다.

이별

사랑이라고 하지만 그것은 사랑이 아니었다.

서로 할퀴고 또 어긋나고. 디스 하면서 사는 삶이 지겨워 이제는 종지부를 찍고 싶었다. 아무런 연고도 없는 속초 이곳에서 난 무엇하며 살아야 할까? 왜 이곳을 왔을까? 믿음이라는 그 단어 하나만 믿은 것은 나의 큰 잘못이었다. 나의 잘못된 선택으로 아이들도 너무도 힘겹게 살아가야 한다. 내 손에는 아무것도 없다.

그와 헤어진 날, 통장에 칠만 원이 들어왔다. 쌀이 없었다. 아이들은 배고프다 하고 미리 준비할 틈도 없이 우리는 각자의 삶을 살아가야 했다. 서울에서 동생이 내려와 쌀을 사 주고 장도 봐 주고 갔다. 반찬을 해줄 힘도 없었다. 배고프다는 성화에 기계가 해주는 밥만 해놓았다. 아이들은 스스로 밥을 떠서 둘이 먹고 있었다. 지금 생각하니 얼마나 배고 고팠을까? 너무나 미안하다.

하얀 쌀밥에 고추장을 밥에 비벼 먹으며 아이들은 세상에 이렇게 맛있는 밥은 처음이라며 먹고 있었다. 엄마도 배고프니 먹으라고 밥 한술에 고추장 얹어서 입에 넣어 주었다.

조금 목이 메어서 울고 있는데 아이들도 따라 울었다. 정신이 번쩍 들었다. 살아가자 보자. 엄마니까 잘할 수 있어.

동생이 사다 준 찬거리로 다시 맛있게 저녁을 해 먹고 셋은 어두운 밤 꼭 안고 잤다.

강릉의 밤바다에서

11월은 내 가슴 속의 빈 강.

오히려 차가운 얼음 강 속이다.

11월은 머물고 싶지 않은 시간이다.

빨리 떠나고 싶은 다시 오고 싶지 않은 시간이다.

1999년 하얀 백지장에 붉은 도장 찍고 오다.

너는 아쉬움에 뒤돌아서는 내 꽁지를 붙들었다.

그러나 난 그날 마음을 죽였다.

돌아오는 차 속에서 다시는 이 길을 밟지 않으라 다짐했었는데, 오늘 작은 녀석 기숙사에 데려다주면서 난 또 이 길을 밟고 있다. 엄마랑 못내 헤어짐을 아쉬워하는 모습이 그해 어느 날 그 사람 모습 같았다. 자식은 닮는다 하더니 날 바라보는 눈망울이 흡사하다.

미련을 애써 버리려 하는 내 마음이 소용돌이치고 있다. 왜 그리 가슴 저리는 걸까? 펑펑 주체할 수 없는 슬픔으로 서럽게 울었다.

2부

새로운 삶

아파트

모든 것을 정리하고 아파트로 이사를 왔다. 빌려준 돈도 받고 조금은 여유롭게 이사를 왔다. 처음 살게 되는 아파트는 낯설다.

서울에서도 주택에서 살았었다. 난 주택이 좋다. 옹기종기 모여 앉아 부침개도 해먹고 차 한잔을 즐기며 시골스러운 생활들이 좋다. 그래서 난 시골이 좋다.

키우던 개들은 뿔뿔이 흩어졌다. 나를 엄청 잘 따르던 발발이 똥개는 지가 어디로 가는지 알고 있는 듯 떠나려 하지 않았다. 내가 슬퍼하면 눈물을 같이 흘리며 내 손을 핥아 주던 발발이. 떠나는 모습에 눈물이 가득 고인 채 힘겹게 나를 바라보았다. 나는 그 눈빛을 잊을 수가 없어서 다시는 개 따위는 키우지 않을 거라 다짐했다.

아파트는 너무 시끄러웠다. 조용한 시골 동네와는 너무나 다르게 번잡하다. 서울에 살았던 고향 같아서 일부러 번잡한 부영으로 들어왔다.

그러나 너무나 시끄럽다.

부영
501
부영
601

탱크

아이들과 처음 낯선 곳에서 셋이 잤다. 무서웠다. 아이들과 어떻게 살아가야 할지 아무 연고도 없는 속초라는 곳에서 무엇을 하면 살아야 할지 고민하느라 밤을 설쳤다.

새벽녘 베란다 밖의 찻길에서 웅장한 소음이 들렸다. 너무도 소리가 커서 잠을 잘 수가 없어 내다보니 탱크 부대가 지나간다.

'오마이갓 전쟁이다.'

세상에 태어나 탱크는 처음 본다. 친정에 전화해서 '큰일이다. 속초가 전쟁이 난 것 같다. 탱크가 지나고 무장한 군인들 차가 다닌다.'고 전했다.

서울 식구들이 모두가 걱정이다. 새벽부터 전화한 속초 딸 때문에 한숨이 깊어진 엄마의 목소리를 뒤로 하고 전화기를 내려놓았다.

다시 상황을 보려고 베란다를 내다보고 있었지만 주위는 고요했다. 밖으로 나가봐도 마찬가지였다. 마침 경비 아저씨를 만나서 상황을 물어보니 속초에 온 지 얼마 안 되냐고 묻는다. 그렇다 하니 저건 흔한 일이라며 훈련 중이니 걱정 말라고 하면서 더 자라고 하셨다. 곤히 자는 아이들을 보며 안도의 숨을 쉬었다.

지금은 가끔 수업을 가다 탱크 부대를 만나면 '이이 저 탱크들… 또 지각이다.' 하고 만다. 탱크를 만나면 추월 금지다. 그리고 여러 대가 붙어서 가니 절대 추월할 수도 없다. 그냥 도로 위를 기어서 슬슬슬 기어간다고 생각해야 한다.

학교에 전화해서 '선생님 저 늦을 거 같아요.' 하면 '왜요? 탱크 부대 만났나요? 걱정 마시고 천천히 오세요.' 한다.

지금은 흔한 일이니 체념하고 나도 슬슬슬 그냥 차를 끌고 온다.

미술 레슨과 학원

벌어야 했다.

낮에는 어린이집 미술학원 강사로, 늦은 오후에는 아이들 미술 레슨으로. 소개가 많아서 그룹 과외도 하고 살고 먹기는 충분했다.

그러나 살다보니 여기저기 들리는 소리로 귀는 시끄러웠다. 왜 신랑이 세무 공무원인데 여기 사냐고. 좀 더 넓은 평수로 이사 와라. 내 집으로 와라, 모르는 소리들. 속 터지는 소리들에 귀 닫아야 했다.

엄마들의 치맛바람에 휩쓸려 다니다 보니 힘들었다. 그들은 나의 재능과 그들의 부를 견주어 가며 나를 침범하기 시작했다. 그래도 나의 재능이 그들의 부를 이겼다.

아파트에서 사는 재미가 쏠쏠 있었다. 그나마 속초에 와서 행복이란 것을 맞물리며 살아본다. 바다도 보고 산도 보고 예쁜 옷들도 사 입고, 부르조아적인 삶을 나도 한번 살아본다. 서울서 동생들이 명품 가방과 옷들을 보내준 덕이다.

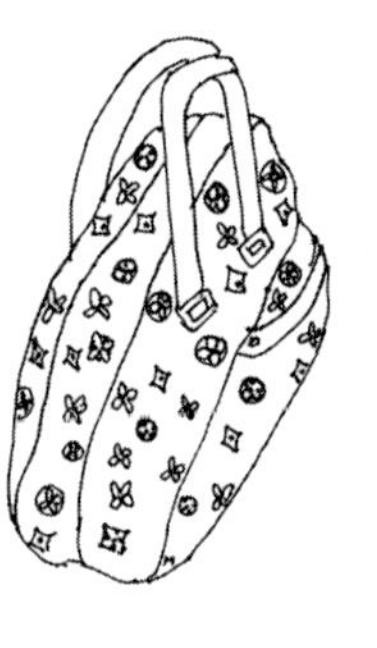

글쓰기

우연한 기회에 '갈뫼'라는 곳에 입회했다.

외지에서 사는 나는 그곳이 친정 같았고, 너무나 예뻐해 주시는 선생님들의 사랑 속에서 속초의 힘든 삶도 치유가 되는 것 같았다. 외로움들도 어느덧 가시기 시작했다.

행사 때마다 일하는 즐거움이 있었고 행복들 그 자체였다. 나의 삶의 일부분 중에 1순위가 되었다.

글을 쓴다는 것은 어렵고 힘든 일이었지만 옆에서 도와주시는 분들 덕분에 일 년에 한 번씩 출판하는 〈갈뫼〉 동인지에 나도 같이 합류하게 되었다.

기뻤다. 나도 글쟁이가 되었다.

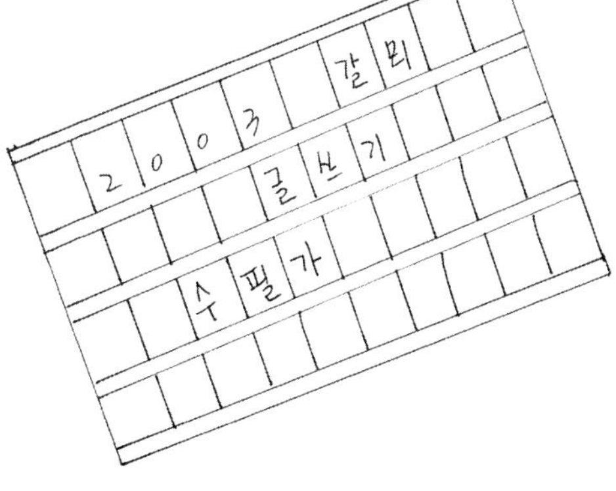

청호동 바다

지금은 바다를 보고 있다.

소주병을 들고나와 고래고래 소리 지르며 바다와 싸우는 사람
모여 앉아 모닥불을 지피며 바다를 즐기는 서너 명의 사람
혼자 무슨 생각을 하는지 낚싯대를 놓고 넋 놓고 있는 사람
그리고 아무 생각 없이 한 남자의 품에 기대어 사랑을 즐기는 여자

그래도 소주병을 들고 있는 그 사람이 부럽다.
몸에 불을 지르고 뛰어들었지 퍼덕이는 날갯짓에
무거운 날개 죽지 뜯겨나가도 한 곳으로 쓰면 되지.
뜯겨나간 날개 죽지 훨훨 가벼워질 줄 알았지.
그러나 날 수가 없어 날개 죽지 태워버린 몸뚱아리
흉물스러운 새 아닌 새가 되어버렸다.
이사 온 집에서 청호동 바다가 가깝다.
자주 나오던 곳이다.
예전에 살던 장호 앞바다처럼 아주 작은 바다나.

그곳은 추억이 너무 많은 곳이다.

그러나 바다도 많이 바뀌었다.

집에서 가까우니 슬슬 걸어 나와도 되는 작은 바다

내 설움을 다 토해 내어도 좋은 바다다.

나의 베란다

모두가 잠이 들면 베란다 밖의 개구리 울음소리가 합창을 한다. 풀숲에 숨겨진 땅들도 연주를 하고 커다란 산등성이에서도 메아리로 장단을 맞춘다. 개굴개굴… 빗소리를 타고 흘러내리는 개구리의 소리로 그들의 합창이 시작되면 여름도 같이 온다.

베란다 창문에 빗줄기로 그림이 그려지겠지. 기다란 줄무늬 그림들. 그리고 그 사이로 들려오는 그들의 합창소리는 어떨 때는 아름다운 자장가로 어떨 때는 엄마를 찾는 구슬픈 소리로 내게 다가온다.

속초에 와서 처음 살던 집을 정리하고 여기 이사 왔을 때 베란다 밖의 풍경이 너무도 아름다웠다. 겨울이면 눈이 함빡 쌓인 산동네와 그 너머로 보이는 설악산 봉우리들, 너무나 아름다운 풍경에 반해 이곳을 나의 작은 화실로 꾸몄다.

지물포에서 사 온 나무 무늬 장판을 깔고 이젤과 화구 박스 하나, 사물함 겸용으로 쓰던 커다란 깡통. 그 위에 하얀 레이스 보를 덮어 방석 하나 놓고 의자로 쓰면서 나의 베란다는 그렇게 만들어졌다.

가슴이 쓰려 슬픔이 더해오면 거리의 차들과 이야기하고 하늘의 달님과 눈을 맞추었다. 시커먼 하늘 속에 비춰진 가로등은 나의 베란다의 유일한 불빛이 되었고, 잠이 오지 않을 때는 그 작은 화실에서 그림을 그리면서 시간을 보냈다.

그 베란다를 나는 오늘 정리했다. 이젠 어쩔 수 없이 창고가 되어버린 베란다. 너저분한 스케치북들과 물감들, 그리고 헌 크레용. 쓰다가 남은 컴퓨터 모니터와 동화책들이 이곳이 왜 이렇게 창고가 되어 버렸냐고 묻는다.

나의 게으름과 안일함도 있지만 아파트 뒤로 세워진 건물 때문에 이젠 그 산의 무성한 여름도 눈 덮인 산도 볼 수가 없기 때문이다. 이렇게 아름다움이 지워져 가고, 여름이면 숲 속에서 풀잎들의 합창을 하던 개구리 울음소리도 들리지 않지만 그래도 창고로 변해 버린 베란다를 원망할 수는 없다.

책과 짐이 잔뜩 쌓인 베란다를 청소하다 한쪽 구석에 쪼그리고 앉아서 책을 본다. 그러다 발이 저려오면 털퍼덕 주저앉아 버린다. 넓은 거실을 두고도 말이다. 아마도 옛 그리움이 가득 담긴 이곳을 내가 너무나 좋아하기 때문이다.

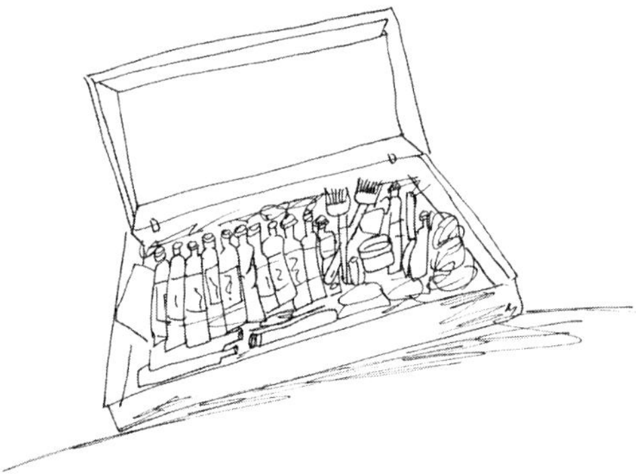

사춘기

아이의 힘겨운 방황이 시작되었다. 엄마 혼자 벌어서 자신들을 먹여 살려야 한다는 갑작스러운 상황을 아이는 받아들이지 못했고 엇나가기 시작했다.

사춘기

악을 쓰며 반항하던 딸아이
퍼부어 대었던

아픈 말들에 가슴이 시려
슬그머니 열어 본 방문

헝클어진 아이의 이마 길
얼룩진 눈가
맥없이 풀린 몸뚱아리

심장이 구멍 나도록

가슴으로 달려오는 통증

말의 가시로 찔린

서로의 가슴은

상처로 피 흘리고

맑은 하늘의 구름처럼

눈부시게

뽀송뽀송

키우고 싶었던

내 심장의 꽃

심하게 사춘기를 앓던 아이가 엄마한테 막무가내로 대든다. 그리고 엄마랑 심하게 싸웠다.

잠든 아이들 들여다보았다. 앙칼지게 대드느라 지도 힘이 빠졌는지 지쳐 잠이 들었다. 가슴이 찢어질 듯 아팠다. 늘 엄마 아빠가 싸우는 모습에 아이도 병이 들어갔다.

서울에 보내진 딸

이제 다시 울지 않겠어 / 더는 슬퍼하지 않아. / 다신 외로움에 슬픔에 난 흔들리지 않겠어 / 더는 약해지지 않을게 / 많이 아파도 웃을 거야 …(중략)… 행복은 늘 멀리 있을 때 커 보이는 걸 / 힘이 들 땐 하늘을 봐 / 나는 항상 혼자가 아니야 / 비가 와도 모진 바람 불어도 다시 햇살은 비추니까 / 눈물 나게 아픈 날엔 크게 한 번만 소리를 질러 봐 / 내게 오려던 연약한 슬픔이 또 달아날 수 있게 / 가끔 어제가 후회돼도 / 나 지금 사는 오늘이 내일 보면 어제가 되는 하루일 테니 / 힘이 들 땐 하늘을 봐 …(중략)… 앞만 보고 걸어갈 게 때론 혼자서 뛰어라도 갈께. / 내게 멈추던 조그만 슬픔도 날 따라오지 않게

— 서영은 〈혼자가 아닌 나〉

여러 가지 여건상 큰아이를 서울로 보내야만 했다.

'힘이 들 땐 하늘을 봐' 큰아이 핸드폰 액정 화면에 새겨진 말이다. 지금도 이 노랫말이 거리에서든 어디에서 들려오면 난 가슴이 저린다.

엄마에게 집착이 유독 심했던 아이다. 엄마와 떨어져 살면서 많은

외로움과 친구들에 대한 그리움을 대신하기 위해 자신만이 견딜 수 있는 해결책이었던 것이다.

외할머니와 둘이 살면서 아이는 그동안의 외로움을 그 노래로 견디어 냈을지 모른다. 작은 가슴속에서 견디기 위한 그 방법에 난 가슴 아리었다.

속초의 생활이 잘 맞지 않아 어린 나임에도 불구하고 서울로 전학을 시켰다. 엄마와 떨어져 살면서 얼마나 외로웠을까? 아이 혼자 견디어 온 것 같아 너무도 가슴이 아팠다. 사는 것이 바빠 서울도 자주 못 가고 아이는 그렇게 혼자 서울에서의 삶을 견디며 커갔다.

그 아이는 지금 성인이 되어 엄마만 생각하는 친구 같은 딸아이가 되었다. 사춘기를 심하게 겪어 엄마를 늘 슬프게 했던 아이. 지금은 엄마만 바라보는 효녀이다. 고맙다 딸아. 사랑스러운 나의 딸아.

전교 1등

아들 녀석의 중학교 때 일이다.

편지가 왔다.

깨알같이 쓰여진 아들 녀석의 글이 담긴 봉투 하나가 눈에 띄었다. '이 녀석이 엄마한테 뭔 편지를 썼나' 하는 기대감을 안고 뜯어본 봉투 안에는 아들 녀석의 성적표가 들어 있다.

'전교 2등… 열심히 노력하는 모습이 좋다.'라는 내용과 체육 실기 점수 때문에 아이가 1등을 놓쳤다며 방학 동안에 운동을 좀 시키면 좋겠다는 담임 선생님의 글귀가 눈에 들어왔다.

중학교에 전교 1등으로 입학하면서 엄마 손에 장학금을 쥐여주고, 1등을 안 놓치려고 노력하고 있는 작은 녀석의 통지표가 너무나도 반가웠다. 요번은 비록 2등이지만 그래도 잘했다고 칭찬해 주었다.

당시 우리는 경제적으로 조금 힘든 시간들을 보내고 있었다.

큰 녀석은 초등학교 졸업을 하면서 우등상으로 장학금을 쥐여주었다. 작은 녀석은 자기가 교복값이라도 벌어오겠다고 하더니 장학금을 쥐여줬다. 장학금으로 정말 교복을 맞추었다.

두 녀석이 공부를 잘해 이 엄마를 즐겁게 해준다는 생각에 혼자만의 미소로 콧노래를 불렀다.

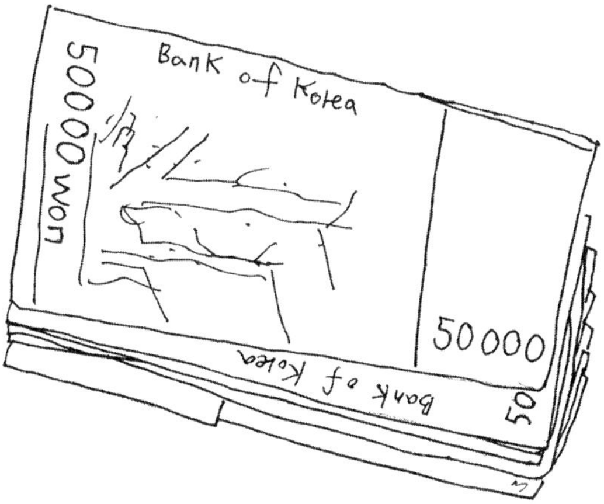

재수생

아이는 수능도 끝나고 했으니 서울 가서 한 바퀴 돌고 오겠다고 했다. 사는 게 바쁘다는 핑계로 아이의 방을 한 번도 들여다보지도 못했었다. 그날은 아이가 서울 간 사이 조금 여유가 되어 아이 방을 들여다보았다.

여기저기 쌓여 있는 문제집들. 버리려고 상자에 담다가 넘쳐버리는 바람에 책상 밑까지 쌓인 너무 많은 문제집을 보고 깜짝 놀라고 말았다. 내 키만큼의 문제집이 책상 밑에 꾸역꾸역 쌓여 있었다. 저 문제집을 풀면서 아이는 얼마나 힘들었을까? 생각하다 그만 나는 문제집을 부둥켜안고 울고 말았다. 버리지 못하고 상자에 차곡차곡 다시 넣어두었다. 1년이란 짧은 세월이지만 아이한테는 십 년의 세월 같았을 것이다.

하루 세 번 집을 들락거리면서 비가 오면 걷기도 하고 자전거를 끌며 찬바람을 맞기도 하며 십 킬로의 살이 빠지면서 아이는 재수의 고통을 이겨냈다. 대단한 녀석, 넌 의지의 녀석이야. 칭찬하고 싶었지만 엄마라는 이름으로 더 강해져야 하기에 수고했단 따뜻한 말도 못 했다.

골방 한구석의 아이의 손때가 묻은 내 키만큼 많은 문제집들. 저 많은 문제집을 풀며 자신의 의지를 보여준 아들 녀석이 장했다.

좋은 환경과 넉넉한 뒷바라지를 못해 준 어미의 마음이 너무도 아파 아이 방을 치우면서 한없이 주저앉아 엉엉 울고 말았다.

엄마 말 아주 잘 듣는 착한 아들, 속 한번 썩이지 않고 사춘기도 아주 잘 보낸 예쁜 아들 녀석이다. 엄마가 힘들면 끌어안고 등을 토닥토닥해 주는 녀석. 엄마가 화가 나 있으면 안경 벗고 원숭이 흉내로 재롱을 떠는 녀석. 참 착하다.

자랑하고 싶다. 자랑하고 싶은데 왜 이렇게 눈물이 나는지 모르겠다. 엄마의 형편 때문에 원하는 일류대는 포기하고 우수 장학생으로 H 대학을 갔다. 자기 방에서 혼자 울던 녀석에게 엄마는 아무 말도 해주지 못했다.

아들아, 엄마가 많이 미안했다.

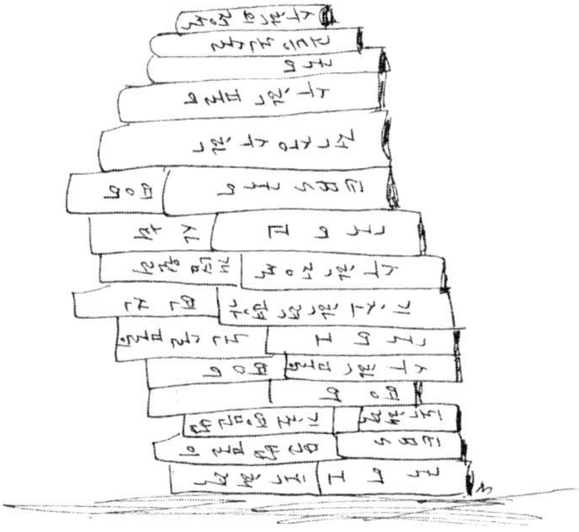

크리스마스 날의 에스프레소

무료한 하루를 보낼 것 같은 크리스마스 날이었다. 따르릉 전화벨이 울렸다. '미숙 씨 크리스마스 날 뭐하나? 강릉 나와서 우리랑 놀자' 하셨다. 혼자 있기도 뭐하고 해서 서둘러 집을 나서는데 하얀 눈이 내렸다.

화이트 크리스마스네 하면서 서둘러 박 선생님과 같은 동창이신 이충희 선생님을 만났다. 셋은 정갈하고 맛난 점심을 먹고 강릉의 핫한 커피집에 갔다. 안으로 들어서자 구수하면서도 진한 커피 향이 진동을 했다. 만석이었다. 자리가 나기를 기다리며 실내를 살펴보았다. 여기저기 커피콩들이 함지박과 소쿠리들에 가득 담겨 아기자기하게 진열되어 있었다. 인테리어 가구나 소품들도 텔레비전에서나 볼 듯한 유럽식 분위기를 물씬 풍기고 있었다.

우리는 30여 분을 기다려 겨우 자리를 잡고 앉았다. 메뉴판의 낯선 커피 이름 앞에서 무엇을 골라야 할지 몰랐다. 박 선생님은 달달한 것이 먹고 싶다며 캐러멜 이름이 든 커피와 치즈 케이크를 시키셨고, 이 선생님과 나는 어디서 많이 들어본 것 같은 에스프레소, 그것도 더블로 간신히 주문을 끝냈다.

〈갈뫼〉 이야기며, 자식 이야기로 수다를 떨다 보니 드디어 우리가 주문한 커피와 치즈 케이크가 나왔다. 그런데 세 잔 중 박 선생님의 커피는 커다란 머그컵에 잔뜩 넘칠 만큼 담아왔는데, 나와 이 선생님의 커피는 간장 종지만 한 아주 작은 컵에 담겨 있었다. 메뉴판의 '에스프레소 더블'이라는 글귀에 양이 두 배 더 많을 것 같아 그것을 선택했는데 말이다.

"아니 뭐야? 왜 이리 작아? 그런데 왜 더블이라고 이름 붙인 거야?" 하며 우리 둘은 날름 그 커피를 마셨다. 그러나 입을 대는 순간 나와 이 선생님은 동시에 '윽' 소리를 내며 휴지를 입에 가져가 뱉고 말았다.

"무슨 커피가 이리 쓰지? 아 너무 쓰다. 생전에 태어나 한약만큼 쓴 커피는 처음일세, 아후~ 못 먹겠지?" 하며 인상을 찌푸리는 이 선생님을 보시더니 박 선생님도 뭔데 그리 쓰냐며 찻숟가락으로 한 스푼 떠서 맛을 보시더니 "와우~, 뭐 잘못 나왔나 보다." 하시며 얼굴을 찌푸

리셨다.

"아무리 그래도 그렇지 너무 쓰다. 못 먹겠다." 도저히 먹을 수가 없어 설탕을 달라고 했더니 시럽이라고 하면서 참새 눈물만큼 가져왔다. 시럽을 있는 대로 들이부어도 에스프레소는 여전히 썼다. 물을 더 붓고, 시럽을 더 달라고 해서 부을수록 커피 맛은 더 이상하게 변해갔다.

우리는 아르바이트생을 불러 세워 무슨 이리 쓴 커피를 주냐며 불평을 늘어놓았다. 아르바이트생은 아무런 설명도 안 하고 바쁘다는 핑계를 대며 원래 그렇게 먹는 거라고 짜증만 내고 갔다. 우리는 크리스마스 날 이게 웬 낭패냐며 잘못 왔다고, 값만 비싸고 바가지 썼다고 푸념을 하고 있었다.

우리의 모습을 지켜보던 옆 테이블의 젊은 부부 중 남자가 다가오더니 에스프레소에 대한 설명을 자세하게 이야기해 주었다. 우리는 그제야 소동을 멈추고 급히 앞에 놓인 케이크를 입에 넣었다. 케이크로 간신히 쓴 입맛을 달랜 우리는 그곳을 서둘러 빠져나왔다. 말끔하게 차려입은 젊은 여자와 나이가 지긋하시고 멋스런 두 사람이 앉아서 쓰다고 투덜대며 촌스럽게 시럽과 물을 연신 쏟아붓는 모습에 그 많은 젊은이들이 지켜보며 킥킥거렸을 생각을 하니 뒤통수가 가려워 더 이상 자리에 앉아 있기가 머쓱했다.

그날 눈 속을 한 시간 정도 운전하며 돌아오는 내내 나는 에스프레소의 그 쓴맛을 떠올리며 혼자 피식 미소를 지었다.

핸드폰

아이는 재수를 하면서 핸드폰을 중지시켰다. 엄마랑 급할 때 연락을 해야 하는데 중지를 시키면 어찌하냐고 실랑이를 했지만 아이의 의지는 강했다. 공부하는데 친구들이 전화 오면 그 유혹을 물리칠 자신이 없다고 했다. 결국 아이가 원하는 대로 했다.

그런데 공교롭게 소나기가 엄청 내린 날이었다. 나는 너무 걱정이 되어 도서관에 마중을 갔지만, 간만의 차이로 만나지 못했다. 한참을 도서관 밖에서 기다리다 집으로 왔다. 공중전화로 전화가 왔다.

"엄마 저 엑스포에 있어요."

비가 많이 와서 옷은 다 젖고 가방도 젖고 자전거도 젖고 너무 힘들어서 혼자 엑스포에 가서 펑펑 울고 있다고 했다. 엄마가 데리러 가겠다고 하니 어차피 자전거는 끌고 와야 한다고 하면서 집으로 바로 오겠다고 한다.

아이의 모습은 정말 비 맞은 생쥐 꼴은 저리 가라였다. 아이와 둘이 안고 서럽게 펑펑 울었다. 엄마가 힘들어 서울로 학원을 보내주지 못한 것에, 엄마도 아이도 밤새 울었다.

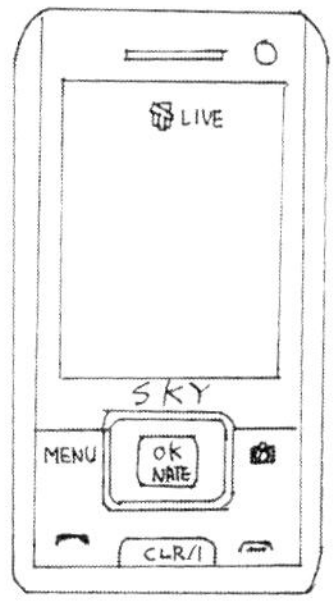

세례

서울로 아이를 보내 놓고 나서 미사를 보러 갔다. 너무 눈물이 나와 성모님 앞에서 기도를 드렸다. 왜 내가 이곳 속초에 와서 이렇게 힘겹게 살아가야 하냐고 원망의 눈물을 보였다. 심하게 사춘기를 겪는 아이를 생각하면 이 모든 것들이 다 부모인 내 죄 같았다.

하늘에서 비가 오는 듯했다. 그러나 비는 오지 않았다. 어두컴컴한 하늘에서 눈물이 쏟아지는 것일까?

성모님 앞에 섰다. 도와주시라고. 힘들 때 당신을 의지하고 살아갈 수 있는 용기를 주시라고 서서 펑펑 울었다. 성모님도 눈물을 흘리시는 것 같았다. 그리고 음성이 들리는 듯했다.

내 품으로 오너라.
하루 열두 번도 더 죽음 속을 드나든다.
목구멍까지 되새기며
감기 우는 하루의 질긴 고통
내 안에 십자가 벗어버리려 할 때
성모 마리아 들려오는 음성

"내 품으로 오너라."
인자하게 보듬어 주시는 분
눈동자에 가벼이 맺힌 눈물로
내 설움 다 삼켜 주도다.

그렇게 시간들이 많이 지나고 아이도 성숙해졌다. 어느 날 혼자 성당을 가서 세례를 받는다고 한다. 세상에서 제일 반가운 소리다. 엄마가 함께 가겠다고 하니 울 것 같아 혼자 받겠다고 오지 말라고 한다. 엄마가 와서 눈물바다가 되는 것은 싫다고. 그래서 아이 세례식에는 못 갔다.

나의 기도를 들어 주신 걸까? 아이는 세례를 받고 조금 철이 들었다. 그리고는 지금은 엄마한테 둘도 없는 소중한 친구 같은 예쁜 딸이다.

둘째의 서울살이

아빠한테 도움을 청했다.

겨우 월세를 얻어서 서울살이를 시작했다. 장학생이라고는 하지만 살아가야 돈들이 필요했다. 아이는 학교 도서관에서 아르바이트로 일을 하면서 살아갔다.

비좁고 너무나 어스름한 지하 방.

정말 이것이 서울살이구나.

나도 그런 곳에 살아보지 않았던 서울살이를 아들이 하고 있네.

그러나 도움을 줄 수 없어 너무나도 서러워서 또 울었다.

내가 속초로 오지만 않았다면 서울에서 그럭저럭 살아갈 수 있었을 텐데. 또 속초의 삶이 싫어졌다.

1234
서울
지하철
1234

4월에 내리는 눈

4월에 눈이 내렸다. 폭설이다.

당장 수업을 가야 하는데… 하루 수업을 못 가면 타격이 크다. 걱정스럽다. 군인이었던 우리 아들도 '아, 쓰레기가 내린다' 했다. 폭설이 오면 부대에서 나와 제설 작업을 도와야 했다. 일명의 삽질이다.

어느 날 장갑을 보니 개가 물어뜯은 것 같았다. 뭔 개가 장갑을 물어뜯었냐 했더니, 눈 치우느라 삽질을 해서 삭았단다. 얼마나 삽질을 했으면 장갑이 저 지경인지. 그날 저녁 몸살에 끙끙 앓는 아들을 보고 마음이 아팠다.

그리고 연이어 들리는 방송 소리. '폭설로 인해 학교가 휴강입니다.'

내 강의도 휴강이다. 살아보니 그 눈은 내 가슴 속까지 시리다. 그렇더라, 내 어깨에 가볍게 앉아 녹아내리는 그 눈조차도 힘겹더라.

하얀 눈꽃이 오늘도 내린다.
보도블록에 좌판을 벌리고
야채 팔던 할머니들
며칠째 보이지 않는다.

좌판 할머니들이 꽂아 둔 낡은 우산,
둘둘 말아 놓은 때 묻은 방석
오래된 살림살이들만
아파트 담벼락 밑에서
쌓이는 눈 사이로
빼꼼 거리를 내다보고 있다.

허기진 그리움으로 가득 찬
4월의
등 시린 거리
봄을 파는
삶의 무게만큼 허리 굽은 좌판 할머니들이
오늘은 무척 그립다.

속초의 눈

또 폭설이다.

하루 종일 길을 내어놨는데

밤새 길이 없어졌다.

치우고 나면 쌓이고 또 쌓이고

눈 치우는 일이

내 하루 같다.

나의 고된 어제와 오늘이

눈 속에 갇혔다.

내일은 어찌 치울까.

뒤척이는 머리맡으로 하얗게 내리는 밤

강의는 결강 되었다. 폭설로 인한 수업 결강은 겨울이면 흔한 일이다. 겨울 방학이 무섭다.

더구나 내 생일은 겨울이다.

친구들과 약속을 해놓고 밥이라도 한 끼 먹으려 했다. 폭설 때문에 모든 차선도 끊겼다. 거리도 통제다. 결국 생일날 혼자 앉아서 미역국은 싫어서 뭇국에 밥 먹다.

청양고추

우리 집은 모든 음식이 심심했다. 짠 음식은 몸에 좋지 않다고 했던 아버지 말씀이 왕이라 모든 음식이 심심했다.

결혼을 하고 시댁에 오니 모든 음식이 자극적이다. 짜고 맵고, 여러 번 캑캑거리며 기침을 해대면 시집 식구들은 누가 서울 여자 아니랄까 봐 저런다며 놀려댔다. 자극적인 음식을 아예 먹지 않았던 나는 음식 맞추기가 너무 힘이 들었다.

딸아이조차도 끼니때마다 청양고추를 찾는다. 위염 때문에 고생하는 엄마한테 '청양고추 한 알씩 먹어야 위 속에 병균이 없어져 낫는다'고 한다. 몰래 엄마 반찬에 숨겨 넣고 엄마를 숨넘어가게 하던 일 잦아졌다. 시뻘겋게 달아오른 엄마의 모습을 보고 깔깔 웃는 얄미운 딸아이. 그런데 거짓말처럼 위장병이 나았다.

딸이 서울로 떠나간 이후로 슬쩍 라면에 청양고추 한 알 넣어 봤다.

칼칼한 게 괜찮네. 그 다음 된장찌개도 한 알, 얼큰하네. 돼지고기 볶음에는 두알 맛갈지네.

그렇게 딸아이 빈자리는 칼길한 맛으로 채우며 이제 우리 집 냉동

실은 청양고추로 가득하다. 나도 이제는 청양고추 없으면 '음식 맛이 안 나네' 한다.

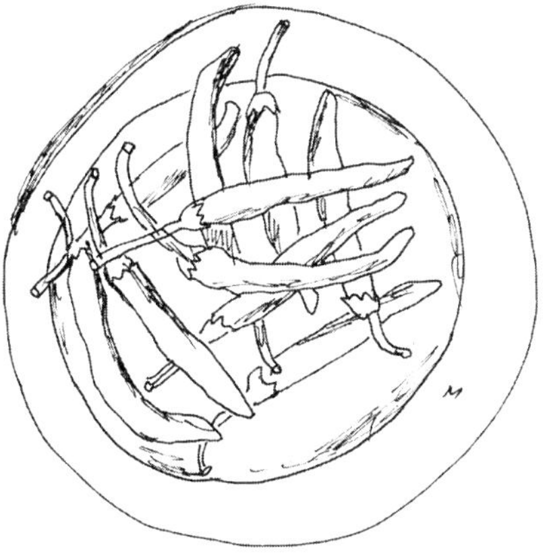

꽃비가 내리던 날

4월의 어느 날 한참 벚꽃이 필 무렵, 난 화실을 땡땡이 치고 친구들과 밤늦게 창경원(창경궁) 벚꽃놀이를 갔었다. 꽃피는 4월이지만 저녁 바람은 차가운 봄바람으로 매서웠다. 얇은 춘추 교복을 입고 나간 터라 그만 감기에 흠빡 걸리고 말았다. 열은 39도까지 오르고 아버지는 걱정에 주무시지도 못하고 밤을 새우셨다. 오뉴월에는 개도 감기가 안 걸린다 하시며 야단을 하셨다. 그런 와중에도 난 '지금은 5월이 아니야, 4월이야' 하면서 헛소리를 했단다. 난 전혀 기억이 나지 않았다.

만발하게 핀 벚꽃들에 눈이 부시다. 저 꽃비 속에 돌아가신 아버지가 생각났다. 그날도 이렇게 4월이 시작되는 시기였다. 봄빛과 꽃바람에 취해 밤새 고열로 끙끙 앓았다. 새벽녘 눈을 뜨니 아버지의 손이 이마를 식히고 있었다. 아버지의 손바닥처럼 뜨거운 꽃잎들이 해마다 4월이면 가슴 시린 꽃비를 떨군다.

그 전날 친구들과 밤이 늦도록 야경 속의 벚꽃을 구경하느라 걸린 감기. 방과 후 화실에서 그림을 오래도록 그리다가 늦었다고 했던 거짓말. 친구들과 마음 꽃비를 흠뻑 담아 온 날. 봄빛에 감기가 걸려 끙끙 앓고 있는 어린 딸 앞에 아버지도 밤새 앓으셨다.

치매 아버지의 커피 한 잔

아버지는 버킹검을 즐겨 입으셨던 영국 신사였다.

오랜만에 서울 간 딸에게 커피를 타 주신다 하셨다. 멀리 속초 가서 사는 딸의 힘겨운 생활이 안쓰러운지 갈 때마다 손수 커피를 타 주시려 했다.

그러나 그 당시 치매를 앓고 계시는 줄은 몰랐다. 자꾸만 주전자를 태우시고 냉장고가 넘치도록 자꾸 장을 봐오시고, 했던 이야기들을 반복하시고 감정의 기복이 심했었다. 그래도 우리는 아무도 아버지가 치매를 앓고 계신다고 생각을 못했었다.

커피 한 잔 먹자.
다 닳아빠진 주전자에 물을 끓이신다.
오랜만에 온 딸에게 묻지도 않으시고
커피 한 숟가락, 설탕 하나, 프림 두 숟가락
초점 흐린 눈빛으로
자꾸 커피를 밖으로 쏟아 내고 있다.
제가 타 드릴게요.

한사코 거절하시는
아버지의 커피는 수북이 쌓이고만 있다.

커피 두 잔 놓고 침묵이 흐른다.
목울대로 차오르는 눈물
차마 쏟아 내지 못하고
고개 돌린 그곳

아버지의 낡은 주전자
불 위에서 보글보글 끓고 있다.

새로 산 주전자를 아끼느라 늘 닳아빠진 주전자에다 물을 끓이셨다. 속초에 사는 딸이 사다 준 주전자 결국 쓰지 못하시고 돌아가셨다.

푸르른 날

눈이 부시게 푸르른 날에 아버지는 먼 길을 가셨다. 그날은 너무나도 화창한 봄날이었다. 아버지가 치매를 앓고 계셔서 자매들이 돌아가면서 아버지를 돌봐야 하겠기에 나도 일주일 방학 중이라 아버지를 뵈러 갔었다.

"네가 그리 먼 데서 어떻게 왔냐."

"아버지 저 알겠어요?" 하니 "왜 몰라, 너 속초 미숙이잖아." 하신다.

다들 놀라서 아버지가 완쾌된 것 같다고 좋아했었다. 그동안 드시지 못했던 밥도 잘 드셨다. "내가 어서 나아서 속초 미숙이가 사는 곳을 가야지" 하시면서… 그리고 일주일 후에 일 때문에 나는 속초로 돌아왔다.

아무래도 오래 사실 것 같지는 않아서 일주일 후에 다시 한번 뵙고 오려고 마음을 먹고 휴가를 내었다. 아침에 짐을 쌌다. 아무래도 예감이 좋지 않았다.

그 전날 아버지가 꿈에 나타나 '보고 싶은데 왜 안 오는 거냐'고 호

통을 치셨다. 부랴부랴 새벽에 깨어 짐을 싸는데, 따르릉 전화가 왔다. 이른 아침에 불길한 생각이 들었다. 전화기 너머로 동생이 우는 소리가 들렸다.

"언니, 아버지 돌아가셨어."

버스를 타고 가면서 울고 또 울고… 그렇게 아버지는 먼 길을 가셨다. 눈이 부시게 푸른 날에 돌아가셨다.

아버지가 돌아가신 3년이 지나도록 난 그리움에 베개를 적시며 울었다. 아버지가 보고 싶어 밤을 새우며 운 적도 많았다.

40에 나를 보시고 금이야 옥이야 키우셨던 아버지. 공주처럼 예쁘게 키워 주셨던 아버지. 지금도 그립다.

아버지의 첫 제사

첫 명절 제사를 맞았다.

늘 아버지께서는 제사상 앞에서 내게 일러주셨다. 홍동백서(紅東白西), 조율이시(棗栗梨柿). 왜 그렇게 내게 제수 진설법을 알려주셨나.

아무도 없는 텅 빈 방, 아버지 사진을 올려놓고 차례를 드렸다. 술 한 잔 따르고 절 두 번, 밥 한술 뜨고 다시 수저 놓고. 그때는 다 외울 것만 같았는데 막상 하려 하니 어렵다. 남동생이 살아 있었으면 하는 생각도 들었다.

몇 년 만에 아버지의 첫 제사를 보려고 서울 친정에 갔다. 마중 나오신 엄마의 볼이 벌그레지셨다. 추운 겨울, 내가 도착하는 시간보다 몇 시간 일찍 나와서 마냥 기다리셨단다. 추운 날인데 손이 꽁꽁 언 듯 매우 차가웠다.

나를 보자마자 엄마가 울음보를 터트리고 마셨다. 뭐 그리 서럽다고 저렇게 우시는지 나도 눈물이 나왔다. 제사를 지내려고 차려 놓은 제사상 앞에서 두 모녀가 앉아서 울고 있다. 아버지 사진을 보고 두 모녀는 엉엉 울었다. 몇 킬로그램이 빠지신 것 같은 엄마, 그래도 아버지의 잔소리가 나았나 보다. 혼자 이 텅 빈 집에서 얼마나 외로우셨을까? 또 눈물이 나왔다.

대형마트를 돌았다.
무언가 사려고 갔지만 잊어버리고
그냥 판매장만을 돌고 있다.
한 구석에 수북이 쌓여 있는 등긁개
손을 대었다 놓는다.
아버지 돌아가시고
덩그러니 혼자 남으신 엄마를 보고 오던 날
벽에 걸려 있던 등긁개가 눈에 밟힌다.

효녀

오랜만에 친정을 갔다.

엄마가 주무시는데 텔레비전은 혼자 놀고 있다.

끄려고 하니 '잠 안 잔다' 하면서 계속 틀어 놓으라고 하신다.

"엄마, 지금 주무시잖아요."

"아니다, 틀어 놓아라."

나는 시끄러워서 잠을 청하지 못하는데 어느새 엄마는 코를 곤다.

다시 텔레비전을 끄려고 하면 '안 잔다' 하신다.

나는 그날 결국 딸아이 방에 가서 잤다.

꾸벅꾸벅 어머니는 졸고 계신다.

하루 종일 어머니 모습만 바라보고 있는

텔레비전도 졸고 있다.

어머니가 일어나면 텔레비전도 눈을 뜬다.

어머니가 나들이 가셨나 보다.

텔레비전도 졸졸 따라갔다.

언젠가부터 나보다 더 가까운 딸이 되어 버린 텔레비전

어머니가 주무셔야 지절거리던 텔레비전도 잠을 잔다.

딸보다 훨씬 더 많이 어머니에게 말을 거는

저 텔레비전이 나보다 효녀이다.

서울

서울에 자주 온다.

기분이 좋다.

늘 제일 먼저 그림 전시회로 직행이다.

인사동도 구경하고 친정에도 들리고 친구들과의 수다도 좋다.

허물없이 지내는 친구들이라 이것것 수다 삼매경이다.

많은 시간들이 지났는데도 친구들이라 그런지 늙었다거나 그런 생각은 전혀 들지 않는다.

그저 친구라는 것이 좋다.

다시 서울로 오라는 친구들의 말에 정말 서울로 가고 싶었다.

그러나 내가 속초에서 이루어 놓은 일들 그리고 밥벌이들…

서울 가서 다시 어떻게 자리 잡을 용기가 없다.

그냥 속초에 머물기로 한다.

카네이션

십 년 동안 아이는 너무 나를 힘들게 했다. 뭐든지 상처로 받아들이고 늘 싸웠다. 지 아빠와 싸움이 끝났나 싶었는데 또 다른 싸움이, 아니 전쟁의 시작이다.

싸우는 것은 정말 싫어하지만 말도 안 되는 시빗거리들로 엄마를 너무 힘들게 하는 딸이 밉다. 그래서 서울을 가지 않기로 맘먹었다. 두 번째 이별을 맞았다.

다시는 안 갈 거라는 서울, 엄마 때문에 갔다. 어버이날이라 엄마도 볼 겸 서울을 갔다. 고속버스터미널의 꽃가게가 너무나 예뻤다. 나도 카네이션 꽃바구니 하나를 샀다.

방에 들어서니 카네이션 꽃바구니가 있다. 딸아이가 엄마인 나를 준다고 샀단다. 나는 우리 엄마를 주려고 사고…

꽃바구니 두 개다. 기분이 좋다.

십 년 만에 전해 준 카네이션 바구니

딸아이가 밥상머리에서 눈물 뚝뚝 흘리며 울고 있다.

십 년 만에 사다 준 카네이션 꽃바구니도 눈물 뚝뚝 흘린다.

꽃바구니 속에 숨겨진 화해의 손길이 서럽게 운다.

붉게 충혈된 눈빛으로 마냥 눈물지으며

빠알간 카네이션은 내 가슴속으로 붉게 물든다.

나도 애써 나오는 눈물을 참지 못하고

애꿎은 꽈리고추가 맵다고 핑계를 댔다.

딸아이도 하나 먹어 보고는 정말 맵네 하며 밥을 삼켰다.

긴 세월 빨갛게 피어오르려고 저렇게 몸부림쳤나 보다.

조그마한 바구니 속에 감춰진 십 년의 세월

왜 그리 긴 세월을 먹고 자랐느냐 원망하고 싶지만

지지 않고 활짝 웃어준 네 모습이라도 감사해야지

초록 구두

우연한 기회에 강사가 되었다. 자원봉사로 시작했던 것이 직업이 되어 버렸다. 아야진초등학교에서 첫 수업을 했다. 아이들은 30명. 일주일에 두 번 수업을 하기로 했지만 강사비는 터무니없이 작았다. 이것도 거의 자원봉사 급이다. 그러나 이것이 나의 강사 생활의 발판이 됐다.

바닷가 동네였다. 바다가 너무 아름답다. 수업을 마치고 일부러 바닷길을 따라왔다.

아이들은 촌스럽기 짝이 없을 정도로 시커멓다. 아이들은 나를 보는 순간 다들 "와~ 너무 예쁘세요." 하며 감탄을 해주었다. 지금도 생각하면 웃음이 나온다.

그날도 초록색 구두를 신고 갔다. 그 당시 초록색 구두를 신는 것은 속초에는 흔하지 않던 일이다.

한 녀석이 내 구두를 들고 왔다.

"애들아, 선생님 구두야. 너무 예뻐~ 선생님 한 번만 신어 보면 안 돼요?"

참내… "그래, 한 줄 기차 해."

아이들은 한 줄 기차를 하고서는 내 구두 한 짝을 신고 교실 한 바퀴를 절뚝거리며 돌았다. 아이들이 많으니 시간상 한 짝씩만 신고 돌아야 했다. 수업하는 곳이 작은 강당이라 꽤 노선이 길었다.

수업을 끝내고 신고 올 일이 막막했다. 30명이 되는 아이들이 한 번씩 신고 나서인지 내 구두는 꼬랑내가 진동을 하였다. 갖고 있던 향수를 뿌리고 난리를 쳐대었으나 그 꼬랑내는 가시지 않았다.

내 뒤를 졸졸 따라오던 그 꼬마 부대들을 잊을 수가 없다. 참 예쁜 녀석들이었다.

선생님, 우리 엄마 해요

수업하는데 유독 한 아이가 매달렸다. 수업 중에 집중을 하지 않고 나만 바라본다.

"선생님, 너무 예뻐요. 향기가 좋아요."

"그래, 고마워" 하면서 늘 꼭 안기는 아이를 내칠 수는 없었다. 그리고는 자기 아빠 번호라고 하면서 전화번호를 쥐여 준다.

어느 날 고모가 데리러 왔다. 그다음 날은 오빠 그리고 심지어는 할머니, 아빠, 가족들이 번갈아 가면서 수업 시간에 인사를 하러 온다. 그리고는 수업이 끝나도 집에 가지를 않고는 조용히 선생님께 할 말이 있다고 한다.

"저~~ 선생님, 저의 아빠랑 결혼해요. 아빠가 혼자 살아요."

헉! 놀랄 일이다. 그래서 식구들한테 나를 보여 주려고 일부러 수업 시간에 꼭 오라고 했단다.

어린 마음에 엄마가 그리웠나 보다. 그래서 수업 시간 내내 미술 선생님 같은 엄마가 있었음 했다고 한다. 어떠한 말도 해줄 수가 없었다.

그리고 시간이 흘러 수업 시간에 아들 이야기가 나왔었다.

"선생님, 결혼했어요?"

"음, 했지…"

그 시간 이후 그 아이는 나와 눈을 마주치지 않았다. 그리고 명품 차 키링을 주고 떠났다. 고모 거를 달라고 해서 갖고 왔단다.

그 뒤로 그 아이는 미술 수업에 들어오지 않았다. 학원을 다닌다고 하였지만 미술 시간에 늘 운동장에서 혼자 놀았다.

마음이 아팠다.

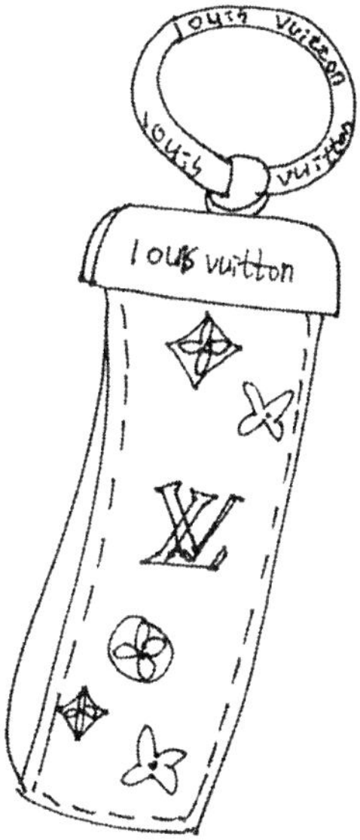

방과 후 강사 1호

고성 교육청에서 정식으로 방과 후 수업 의뢰가 들어왔다. 이왕지사 시작하는 거 고성 쪽 아이들 미술 수업을 맡아서 해달라고 했다. 미술 수업과 그림책 수업 등 다양하게 수업을 했다.

나의 인기는 날로 날로 커졌고 하루가 어떻게 가는지 모르게 바쁜 시간을 보냈다. 방학 때는 점심을 차에서 먹고 다닐 만큼 정신없이 보냈다. 부르는 곳은 많고 갈 수 있는 시간은 한정되어 일주일에 6일만 수업한다는 것이 아쉬울 정도였다. 아마도 속초, 고성, 양양에서 내가 수업을 안 한 곳이 거의 없을 정도이다.

미술 강사로 자리매김을 하고 생활도 어느덧 안정이 되었다. 아이들과 보내는 시간들이 즐거웠고 너무도 보람되고 행복한 나날이었다.

그동안의 힘들었던 나의 생활들을 보상해 주는 것 같았다.

미술 선생님♡♡♡
사랑해요.!!♡

야외 스케치와 길치

그림 그리는 언니들과 나도 모르는 고성 깊은 산속으로 야외 스케치를 나갔었다. 나는 오후 수업이 있어 먼저 나와야 했고, 언니들이 알려 준 대로 산속을 빠져나왔다. 그러나 가도 가도 큰길은 보이지 않았다. 산속을 잘못 든 것이다. 갑자기 무서운 생각이 들었다. 차를 산속에 세워 두고 누군가에게 물어봐야 할 판인데 인적이 드물다. 수업도 늦을 것 같고 온통 겁이 차 있었다.

그런데 갑자기 총성이 들렸다. 오마이 갓! 여기도 혹 전쟁이? 여기는 북한과 더 가까운 고성인데. 설마… 더 큰 총성이 들렸다. 너무 무서워 차 클랙션을 울려댔다. 멀리서 총을 멘 군인이 머리를 숙이고 다가왔다.

"무슨 일로 여기까지 오셨습니까?"

"길을 잃었어요."

울먹이는 목소리로 겁에 질려 대답했다.

"어디서 오셨습니까?"

"속초요. 흑흑."

"너무 무서워요. 총소리는 왜 나나요? 전쟁이 났나요? 흐흑흑…"

마스카라로 화장한 눈은 검은 눈물로 범벅이 되어 있었다.

여자 혼자 차를 끌고 그 깊은 산속까지 왔으니 그도 놀랄 일이다. 군인도 난감한지 여기는 위험한 곳이니 어서 가라고 했다.

"울지 마시고. 저 길을 따라 직진하시면 큰길이 나옵니다. 진정하시고 한참을 가야 하니 무조건 직진하세요."

한참을 달리니 큰길이 나왔다. 겨우겨우 찾아서 도착한 학교에서 엉엉 울고 말았다. 진정하라며 교무 선생님이 물을 한 잔 주셨고 교무실은 침묵이 흘렀다. 검은 눈물이 번진 얼굴로 벌벌 떨고 있는 나에게 시선은 집중되었다. 심호흡을 가다듬고 사정을 이야기하니 교무실은 웃음 소리로 초토화 되었다.

"내가 미숙샘 때문에 미치겠다."

아, 그 이후로 나는 길치가 되었다.

어린이책 읽는 어른 모임

〈갈뫼〉에서 한 선생님 소개로 속초 어린이책 읽는 모임에 들어가게 되었다. 속초 어린이의 책 읽기의 저변 확대로 모인 봉사 활동이었다. 우리 아이들이 다 크고 난 다음이었지만 봉사를 늘 좋아했던 나로서는 좋은 모임이라 생각하고 들어갔다. 난 그렇게 초창기 멤버가 되었다.

매주 토요일에 격주로 모이는 모임은 완벽한 '어린이책 읽는 어른 모임'으로 속초에서 자리 잡게 되었다. 엑스포에 책 수레를 이끌고 나가 어린이들에게 책 읽어 주기 봉사를 하고, 해마다 어린이날에는 책 펼치기를 행사 및 매년 속초의 어린이들 백 명을 모아 독서 캠프도 하였다.

힘들고 지친 날들도 있어 모임을 해체하기로 맘을 먹은 적도 있지만 봉사 정신을 상기시키며 해체를 막았다. 그리고 20여년 시간이 지난 지금도 우리들은 여전히 열심히 모임을 하면서 성장하고 있다.

세월이 지나 나도 나이순으로 하게 되는 모임지기가 되었다. 지금 2년째 리더를 하고 있다. 두 해째 속초문화 관광재단에서 하는 '문화로 오케이'에서 활동을 하면서 우수 팀으로 선정되어 상도 받았다.

속초교육문화관과 속초문화관광재단의 힘을 입어 매해 다른 사업을 구상하며 더욱더 성장할 다른 꿈을 꾸고 있다. 오늘도 우리는 다양한 그림책 이야기를 나누고 있다.

피자

아이가 상근을 하던 때 일이다. 부대를 출퇴근 하다 보니 좀 더 자유로 웠다. 아들이 부대원들과 피자를 나눠 먹고 싶다고 얼핏 한 이야기가 생각나서 나는 무작정 피자를 주문하고 부대로 나섰다.

그런데 그날따라 어마어마한 강풍이 불었다. 속초의 바람은 저녁 시간인데도 잦아질 줄 모르고 심하게 불었다. 더구나 아들이 있는 부대는 미시령 자락 산 밑 근처라 그 세기가 굉장했었다. 겁이 조금 났지만 그래도 아들 먹일 생각에 신이 나서 커다란 피자를 들고 나섰다.

부대에 도착해 차에서 겨우 내리기는 했지만 바람이 너무 강하게 불어 걸을 수가 없었다. 돌멩이가 날아다닐 만큼 엄청나다고 예전부터 말로만 듣던 그 속초 강풍이다. 차에서 겨우 내리기는 했지만 피자를 들 수가 없었다. 겨우겨우 조수석 쪽으로 기어가서 문을 잡고 앉았다. 그런데 갑자기 부대에서 소리가 들렸었다.

"라이트 꺼. 아니면 쏜다."

'이게 뭔 소리이지?'

부대 앞에 바싹 차를 대놓고 웬 여자가 별 희한한 짓을 하니 군인들 입장에서 매뉴얼대로 한 것이다. 난 겁이 나서 일어서지도 못하고 피자를 갖고 왔다는 소리는커녕 몸을 가누지도 못했다.

다시 반복해서 "라이트 꺼. 아니면 쏜다."는 외침 소리가 들렸다. 너무 겁이 나서 다시 쪼그려 기어가서 운전석에 앉아 라이트를 끄고 다시 나왔다. 그러나 강한 바람을 감당할 수가 없었고, 결국 나는 피자를 전해주지도 못하고 무서운 바람을 피해 집으로 돌아왔다. 아들은 알지도 못한 채…

퇴근 후 아이의 발소리가 심상치 않았다.

"엄마 부대에 왔었어요?"

"응, 왜?"

"아, 미치겠네, 난 엄마인 줄 알았어. 부대 앞에서 웬 이상한 여자가 머리는 산발에, 노란색옷 깔맞춤을 하고 일어서지도 못하고 차 문을 잡고 차 주위만 쪼그려서 기어가더니 다시 차를 타고 갔대. 별 이상한 여자라고 해서 난 엄마인 줄 짐작했어. 왜 왔어?"

"부대원들하고 나눠 먹으라고 피자 사서 가지고 갔지. 그런데 바람이 너무 불어서 엄마가 일어서지도 못하고 차 문도 제대로 열지 못해서 결국은 그냥 왔어. 엄마는 얼마나 무서웠는지 알아?"

"엄마 나 창피해 죽겠어, 정말 어쩔 거야?"

"말해~ 엄마가 너희들 피자 갖다 주려다 바람 때문에 일어서지도 못했다고. 바람 엄청 분 거 너도 알잖아?"

"그러게 왜 말도 안 하고 왔냐고?"

"네가 부대에 있는데 어떻게 연락해?"

"아니, 전날 말하던가…"

아이와 그 피자 때문에 저녁에 싸우고 말았다. 엄마는 지 먹이려고 목숨 걸고 갔다가 너무 무섭게 헤매다 왔거늘…. 나는 나름대로 속이 상했다. 그래도 달래볼 생각으로 '이왕지사 산 피자나 먹자' 했더니 더 이상 말도 안하고 자기 방으로 들어가 버렸다.

매일 아이를 부대에 데려다주었는데(그곳 교통이 불편한 상황이라서 데려다줄 수밖에 없었다.) 엄마가 창피해서 안 타고 간다는 것이다. 난감했다. 데려다주지 않으면 집에서 두 정거장을 걸어가서 30분 간격으로 오는 버스를 타고 가야 했기 때문이다.

나도 화가 나서 맘대로 하라고 해버렸다. 결국 동료 아버지가 데려다주었지만, 엄마는 엄마대로 아들은 아들대로 속상함만 남았던 일이었다. 나중에 우리 엄마가 부대원들 피자를 먹이려고 그 상황이 되었다고 말하고 일단락 되었다고 한다. 그 상황은 무척이나 긴박했었지만 지금 생각하면 너무도 웃음이 나와 지인들한테 일화로 이야기하면 웃음바다가 된다. 나도 가끔 그 생각을 하면서 웃고 만다. 결국 피자는 나 혼자 다 먹고 말았다.

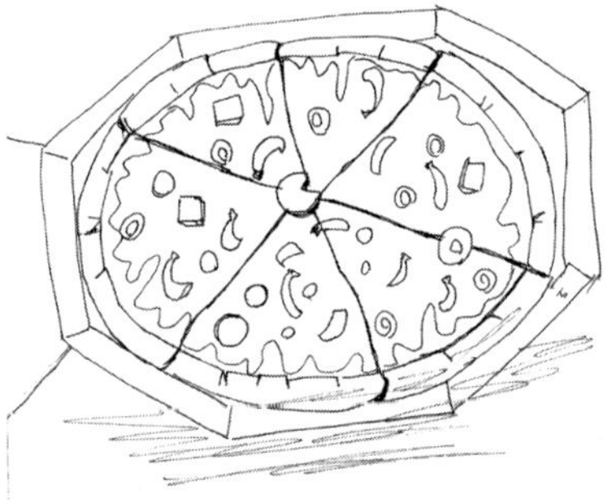

3부

사람들

한국화 모임

어느 정도 수입도 안정이 되고 다시 그림을 그리게 되었다. 처음 한국화를 배웠던 선생님과는 여건상 수업을 할 수 없게 되어 다른 선생님을 모시고 모임을 만들었다. 사람을 모집하는 일은 쉬웠다. 내가 학교 수업을 나가다 보니 한국화를 배우고 싶어하는 선생님들이 많았다. 여기저기 후배들을 동원하여 저녁 모임에 한국화를 배우기 시작했다. 미인도를 그렸던 터라 먹으로 하는 묵향의 수업이 좋았다.

그러나 수업을 하기보다 '서 마담'이라는 별명이 붙을 만큼 그들의 뒤치닥꺼리를 하느라 내 그림을 많이 그리지 못했다. 그래도 조금이나마 그림을 끄적거릴 수 있는 시간이 좋았고, 그들과 만나는 그 시간이 좋았다.

하지만 그 좋은 시간은 오래 가지 못했다. 한국화 모임에 회의를 느끼고 있을 즈음 그 모임을 그만두었다. 사람이 빠져나가면 그 빈자리를 채우기 바빴고 나한테는 버거운 모임이 되기 시작했다. 이전 오래도록 유지했던 미인도 모임, 일요수채화가 모임 등 많은 그림쟁이들이 모였지만 유독 이 한국화 모임이 버거웠다. 다시 그림쟁이들의 모임을 만들 싶지 않았다.

오래도록 한국화라는 묵향의 내음이 좋아 머물고 싶었지만 세상은 뭐든 쉽지 않았다. 속초를 떠나고 싶을 만큼 힘겨운 생활들이 시작되었다. 사람들이 싫었다. 결국 먹과 붓을 내려놓고 많은 갈등과 방황 속에서 7년이란 세월 동안 붓을 잡지 못했다.

그때부터 나와 사람과의 갈등이 시발점이 시작이 되었다.

공존의 이유

깊이 사귀지 마세.
작별이 잦은 우리들의 생애,
가벼운 정도로 사귀세.
악수가 서로 짐이 되면
작별을 하세.
어려운 말로 이야기하지 않기로 하세.
너만이라든지,
우리들만이라든지,
이것은 비밀일세라든지 같은 말들을
하지 않기로 하세.
내가 너를 생각하는 깊이를
보일 수가 없기 때문… (생략)

우리 집 현관에는 이 詩를 코팅해서 붙여 두었다. 외출을 하면서 한 번씩 읽고 나가는 詩이다. 조병화 님의 「공존의 이유」를 가장 좋아한다.

처음에는 이 시가 너무 잔인하다고 생각했었다. 그러나 시를 현관

문 앞에 붙여 놓고 매일 한 번씩 읽다 보니, 보면 볼수록 얼마나 현명한 詩인지, 읽으면 읽을수록 얼마나 지혜로운 詩인지 모르겠다.

성경 말씀에도 "이웃집이라고 너무 자주 드나들지 말라, 질려서 너를 미워하게 될 것이다. 알맞게 표현된 말은 은쟁반에 담긴 황금 사과와 같다"고 했다. 처음에는 섭섭할지라도 서로 적당한 거리를 두며 사는 사람들의 세계가 더 현명할 것이다.

'죽고 못 살아' 하면서 우리나라 여자들은 시장이고 목욕탕이고 화장실이고, 어디든 붙어 다닌다. 외국 사람들이 우리나라 여자들이 화장실을 떼 지어 가는 것을 보고 너무 놀랐다고 하지 않던가. 그리고는 조금 서운하면 토라져서 그 사람에 대한 험담을 늘어놓기 바쁘다. 사랑한다고 해놓고 이놈, 저놈 하면서 돌아서 서로 죽일 듯하며 헤어지는 우리네 연인들은 이미 흔하지 않던가.

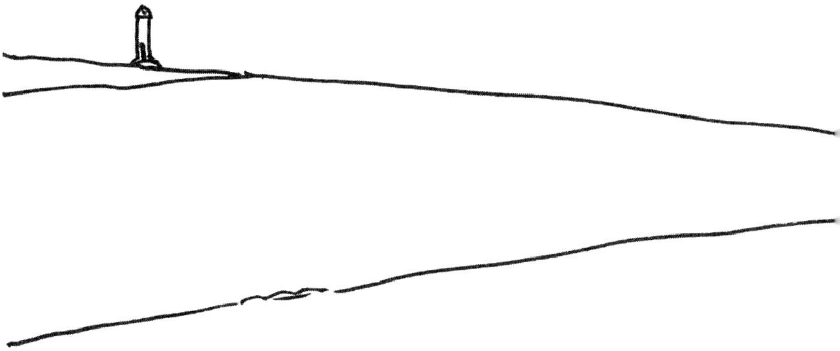

저 잔인한 詩처럼 잔인하다 하며 산 세월이 나도 있다. 거리를 두는 것이 평행선을 긋고 살아가는 것 같지만 우리의 이웃이나 사랑하는 사람이나 가장 가까운 친구들과의 관계에서는 가장 오래가고 좋은 관계를 유지하는 길이다.

"깊이 사귀지 마세. 작별이 잦은 우리들의 생애 가벼울 정도로 사귀세."

슬프지만 가장 멋진 詩이다.

매미

여름이면 해마다 베란다 창에 매미가 붙어 울어 댄다. 방학이면 좀 늦잠을 자고 싶으나 저놈의 매미 때문에 더 잘 수가 없다. 물을 뿌려보기도 하고 창을 둥둥 두들겨 보기고 하고 별의별 짓을 했지만, 결국 시간이 지나 그 매미의 울음소리는 소음에서 나의 자장가가 되어버렸다.

매미가 되기까지 칠 년이라는 세월을 견디고 저렇게 나와 울고 있는데 그것을 까마득히 잊고 내치려했다는 것이 죄스러웠다. 짧은 인생을 우리 집 베란다 창에 매달려 우는 모습을 대견하게 생각하고 그것도 행운이라고 생각하며 같이 지내기로 했다.

그런데 작년에는 매미가 안 보였다. 섭섭함이 일었으나 그것도 운명이려니 하고 잊고 지냈다. 그렇게 내 눈에 보일 때만 기억하고, 안 보이면 마음도 멀어지듯 잊고 지낸다. 사람의 마음이 간사하다는 생각을 했다.

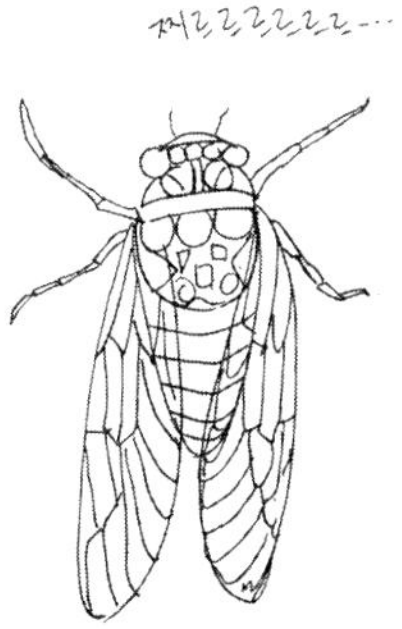

파마하다

뽀글뽀글 파마를 했다. 사람들이 모두 나의 모습을 보고 기겁을 했다. 성당 사람들은 '머리가 너무 산만하다', '미사 시간에 나의 뒷모습을 보니 어지럽다'는 둥 조용하던 나의 마음에 불을 질렀다.

미사 시간에 각가지 형형색색 원 칼라 색을 입는 나를 어르신들은 못마땅해하셨다. 오늘은 노란색이다. 오늘은 빨간색이다. 오늘은… 깔맞춤 온다 등…

뒤에서 수군수군대는 나에 대한 뒷말들을 견디어 내려니 너무 힘들어서 신부님과 상담을 하게 되었다.

공교롭게 미사 시간에 신부님은 "여러분은 개성을 아십니까?"라고 시작하시며 사람들의 개성에 대해서 말씀하셨다. 난 그 강론이 나를 위로하는 말씀 같아서 미사 시간에 펑펑 울었다. 그 뒤로 나의 옷과 신발, 헤어 스타일에 대해서 말거리가 쏙 들어갔으나 여전히 내 이야기는 성당 사람들 속에서 이야깃거리였고, 늘 모임을 갖는 자리에서 나의 옷차림은 화두가 되었다.

그다음 다른 신부님이 오셨다. 많은 신부님들과 상담을 하고 위로를 받기는 했지만 명확하고 시원한 답을 얻을 수 없었다. 그것은 내

몫이었기에… 그러나 새로 오신 신부님은 달랐다.

자신이 할 수 없는 것을 자매님이 하고 다니니 일종의 질투라고 생각하고 신경 쓰지 말아라. 단 그것들을 들을 용기가 없고 신경 쓰이고 힘들다면 멈추어라. 그 대신 그 상황들을 이겨내고 나의 멋과 내 자신의 개성을 존중하며 살 수 있다면 그렇게 해라. 둘 중 하나는 선택해야 내가 살 수 있다고 말씀해 주셨다. 그리고는 '너무 예쁘다'라는 위로의 말씀도 함께…

난 용기를 내었다. 누가 뭐라 하든 말든 내 삶의 방식대로 살리라.

지금은 사람들이 내 이야기를 거의 하지 않는다. 다만 '너무 예쁘다'로 응원해주신다. 그 신부님을 꼭 다시 한번 찾아뵙고 싶다.

말

우리는 사람들을 만나면 대부분 그동안 하지 못했던 이야기보따리부터 풀어놓는다. 가득가득 담아 두었던 보따리를 봇물 터지듯 우리는 수다라는 휴지통에 내다 버리기를 반복하며 살아간다.

그러나 그 가득 담아둔 이야기를 나누는 상대에 따라 망설이다 도로 주머니에 꽁꽁 매어두기도 한다. 휴지통에 가득 쌓인 말들을 삭제시키지 않으면 나중에 서로 피 터질 일이 생기기 때문이다.

피 터질 일을 만들지 않으면 되지만, 말이라는 달콤하고 쓴 약이 무수히 돌아다니다 결국은 약이 되기도 하고 독이 되기도 하는 걸 어쩌겠는가? 가끔 나도 누군가를 욕하고 싶을 때가 있다. 정말 밉기 때문이다. 행동과 말 하나하나가 거슬리기 때문이다.

그러나 이야기를 꺼내려면 상대부터 살피게 된다. 훗날 내게 돌아올 것을 생각해서 적절한 인내로 자물쇠를 잘 채우고 내 안의 휴지통에서 삭제시켜야 한다. 가끔 다른 휴지통에 남아 있던 다른 쓰레기까지 덮어쓰기도 하니 말조심, 입 조심해야 한다.

그냥 일상적인 대화에서도 말하는 사람과 받아들이는 사람이 다르기 때문에 나와 생각이 다른 상대에 대한 이해와 포용이 필요하다. 그러나 그것이 쉽지 않다.

언어! 말은 무서운 것이다. 나한테서 나오는 많은 단어들, 그 언어들이 때론 남을 아프게 하지는 않았나? 되돌아보기도 하고, 반성하기도 한다. 때로는 후회하기도 했다.

내 입에서 굴리던 언어들이
밖으로 나가지 못해
내 입 안을 갈기갈기 찢어 놓는다.
너무 고통스러워 토해 내어
다시 내 온몸을 상처 낼지언정
침묵, 침묵하지 못함이
이젠 나의 모든 장기들조차
생채기 나는 아픔을 감수해야 한다.
그것은 내 입에서 나간 구린내 나는
칼날들이기에

순간순간 내가 뱉어 내는 나의 어리석은 말들로 다른 이들을 상처를 입힐까 조심조심하며 살아가려고 노력하지만 잘되지 않는 날들이 있다.

"당신이 생각할 때 그 생각은 우주로 전송되어 같은 주파수에 있는 비슷한 것들을 자석처럼 끌어당긴다. 전송된 것은 모조리 원점으로 되돌아간다. 그리고 원점이란 바로 당신이다.”

론다 번의 「시크릿」에서 읽은 내용이다. 내가 누구에게 한 이야기는 결국 우주를 돌다가 나에게 돌아온다는 것이다. 그러니 결국 남에게 한 이야기는 나에게 이야기하는 것이 되는 것이다.

우리 모두 시크릿을 조심하세요.

상처

후배가 사준 컵을 깼다. 아까워서 한참을 들여다보고는 정리했다. 그런데 며칠이 지나도 자꾸 유리 조각들이 발에 밟힌다. 청소기로 돌리고 다시 쓸고 물걸레로 훔치고 다시 닦기를 여러 번. 그런데도 자꾸 어디서 나오는지 내 발바닥을 할퀸다. 또 피가 나고 아물고, 다시 피가 나고. 문득 상처받은 내 마음 같다.

버렸다고 생각하고 잊을만하면 또 아프고. 또 지우면 다시 떠오르고. 내 발바닥을 할퀴듯 그 미련을 버리지 못하고 나도 내 가슴을 자꾸 건드린다.

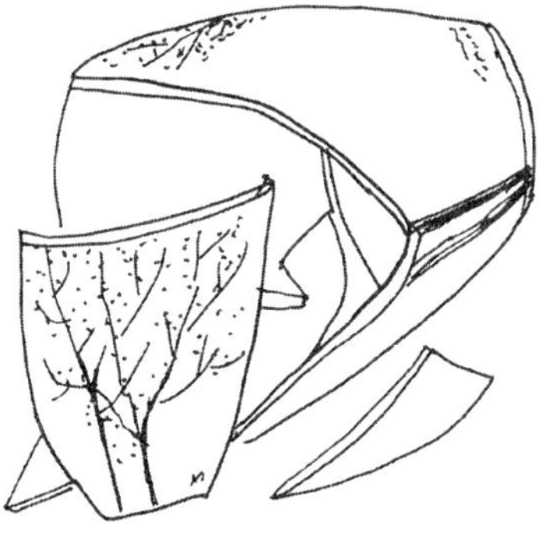

흘리

우연한 기회에 투잡을 하게 되었다. 외부 강사이다 보니 오전 수업이 없으면 노는 날이 생긴다. 이것저것 글쓰기에다 방송대도 다녔다. 아이가 하도 힘들게 하다 보니 도대체 교육이란 것이 무엇일까 생각이 들어 교육학을 배우고 싶었다. 졸업하기까지 하도 일들이 많아서 십 년이 걸렸다.

그리고 동네 학교에서 한국어 교원과 모집을 한다고 해서 편입을 했다. 글을 쓰는 입장이라 한국어에 대해서 배우고 싶었고, 졸업하고 나니 쓸 일이 많아졌다.

다문화 아이들 한글 수업도 해보고 그렇게 우연한 기회에 흘리에서 자리를 잡았다. 매일 미시령을 넘어 출근을 해야 하는 불편함이 있었지만 너무나 아름다운 시골이였다. 눈이 정말 징그럽도록 싫었는데 눈이 오는 흘리는 겨울왕국이다. 신세계에 온 것 같다.

매일 넘나드는 미시령은 그 아름다움의 극치가 하루하루가 다르다. 아침마다 보는 그 장관은 직접 보지 못한 사람은 말할 수 없으리라. 비가 오면 비가 오는 대로 운치가 있고 봄, 여름, 가을, 겨울. 우리나라가 사계절이 있다는 것을 실감 나게 보여주는 곳이다.

그런데 첫 강의하던 해 전교생이 4명이었던 그곳의 학생수가 7명에서 9명을 유지하는 듯하더니 지금은 전교생 수가 두 명이다. 곧 폐교가 된다. 7년 동안 나의 일터였던 곳을 내년에는 떠나야 한다. 정이 듬뿍 든 곳이다. 난 훗날 흘리에서 살고 싶다.

미시령

첫 출근 날 미시령을 난생처음 넘어봤다.

꼬불꼬불 졸졸졸 덜덜덜 떨면서 운전했다.

운전 경력 30년인데

미시령 가을 단풍도 못 보고

미시령 바람 말하면 뭐해 더 무섭다.

일 년이 지난 지금

미시령이 동네 거리다.

미시령에서는 내가 대장이다.

꼬불꼬불 길도 단숨에 올라간다.

미시령이 아름답다.

가을 단풍이 예쁘다.

촬영 소리 외치며 자동으로 사진도 찍는다.

날마다 미시령이랑 맞짱 뜬다.

일반 거리에서는 조금만 늦게 가도 내 차를 추월하고 난리도 아니다. 빵빵거리며 클랙슨을 울려 대던 사람들… 미시령에서는 덜널널 기어서 간다. 내 차를 감히 추월하지 못한다. 그리고는 다시 미시령을 지나서는 쌩쌩 달린다.

짧은 출근 시간에 많은 생각들이 펼쳐졌다. 사람과의 관계가 힘들어진 어느 날 오후. 수업이 없어서 미시령에서 속초를 바라다 보았다. 너무나 작은 건물들, 멀리 보이는 바다. 사람들의 모습은 너무 작아서 보이지조차 않았다.

저 작은 마을들에서 그리도 힘들게 부대끼며 살았구나 생각하니 갑자기 설움이 일었다. 서로 무시하고 무시당하고, 뒷말하고 넘보고. 삶의 투쟁을 벌였구나 생각하니 눈물이 났다. 펑펑 하늘을 향해 울고 나니 '뭐 사는 거 별거 아니다'라는 생각으로 '힘든 것들 다 토해 내 놓고 내려가자' 하고 하늘을 올려다보았다.

'삶이란 그렇지 뭐…' 미시령 하늘에 피어오르는 뭉게구름들 속에 슬펐던 내 마음들을 모두 감추어 버리고 내려왔다.

나눔

학교에서 농사를 지어 고추, 파, 호박, 방울토마토를 얻어 왔다. 기분이 좋았다. 나도 그다음날 아이들하고 먹으려고 계란을 구워 갔다. 맛있게 먹는 모습을 보니 기분이 좋았다. 무언가 나눔을 한다는 것에 절로 흥이 났다.

오래전 일이 기억이 났다. '똑똑' 누군가 수업 시간에 문을 두들겼다. 나가보니 웬 할아버지 한 분이 옥수수를 한 바구니 쪄서 갖고 오셨다.

"안녕하세요? 선생님, 저희 손녀가 미술을 배우는 데 나눠 드시라고 갖고 왔어요."

"어머나, 세상에 너무나 감사합니다. 잘 먹겠습니다." 하고는 아이들하고 맛있게 나누어 먹었던 적이 있다.

요즘 같아서는 어림도 없는 이야기다. 김영란 법이다 뭐다 해서 커피고 뭐고 일체 주고받지도 않고 수업을 한 지 오래다. 좀 삭막하다 할까? 삼만 원 미만은 괜찮다 해도 그냥저냥 껄끄러워 서로 주고받지 않는 세상이 된 것 같다. 요즘은 상향이 되었다지만 관심 없다. 우리네 서민들의 주고받는 작은 정들이 싹 없어진 덕분이다. 세상은 너무도 각박하게 변했다.

문득 예전에 후배가 쌀을 지고 왔던 기억도 났다. 농사가 잘돼서 나눠 먹으려고 가져왔다고 하는데 꽤 많은 양이었다. 아마도 반말 정도는 되지 않았을까 한다. 그 무거운 것을 끙끙대며 들고 왔던 그 예쁜 후배도 유난히 생각났다. 옛날이 그립다.

받는 거 좋아하면 안 되는 것을 알지만 나는 서로 작은 것이라도 주고받는 것을 좋아한다. 그래서 모임에 가면 아직도 집에 있는 것들을 조금이라도 들고 간다. 그저 나누고 싶은 마음이 좋기 때문이다. 세상이 달라졌다 해도 우리 서로 조그마한 것들이라도 나눔 하자고 이야기 하고 싶다.

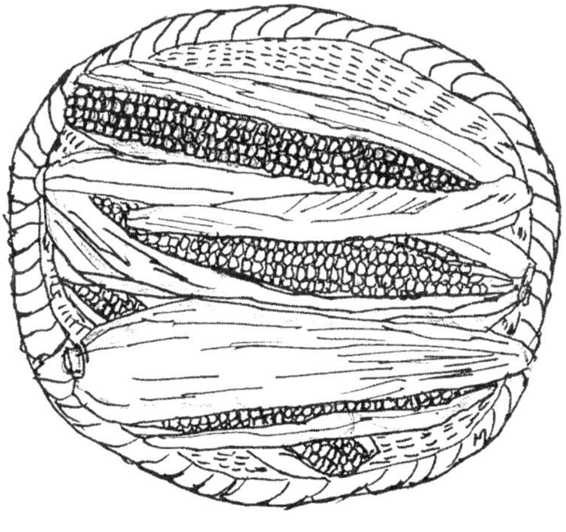

슬픈 4월의 벚꽃

4월의 어느 날. 저녁 7시 조금 넘어 강원도 고성군 원암리에서 산불이 시작되었다. 산불은 강한 바람을 타고 속초까지 번지지 시작했다. 이 산불은 역대 최악의 피해를 남겼다. 정말 무서운 밤이었다. 짐을 싸 놓고 피신 준비를 하고 있었다.

태어나 처음 보는 어마어마한 불. 시뻘겋게 타오르며 내게도 곧 달려들 것 같았다. 그 순간들을 생각하면 지금도 아찔하다.

좀 시간이 지나 수업을 하러 고성을 나갔는데 그 많은 나무들과 집들은 시커멓게 변해 있었다. 그을린 모습들과 매캐한 연기로 운전하며 오고가는 거리도 좀 힘들었다. 티비에서나 볼 듯한 전쟁터 같은 그곳을 지나오는데 무서움이 느껴졌다. 불이란 얼마나 무서운지 실감을 할 수 있었다.

벚꽃이 만발했다.
환하게 꽃망울을 맘껏 터드리고 있을 즈음
건너편에 서 있는 나무들 등 뒤로
순식간에 불씨들이 날아들었다.

검은색으로 다 타버렸다.
벚나무와 타들어 간 나무들은
평행선을 그으며 서로 바라보기만 한다.
죽어가고 있는 나무들을 보면서
눈부시도록 꽃을 피고도 웃지 못하고
말없이 꽃잎들만 날고 있다.

두 해 동안 벚꽃이 만개하지 못했다. 자연을 삼켜버린 재해는 우리들의 가슴속에도 시커먼 도장을 찍어 주고 갔다.

재봉 모임

옷을 사면 좀처럼 맘에 들지 않았다. 그래서 항상 세탁소 가서 고쳐 입기를 많이 하다 보니 그 수선비도 만만치 않았다.

워낙에 만들기를 좋아하는 터라 속초 한 살림에서 모임을 가졌다. 더구나 재봉을 배워서 내 맘대로 고쳐 입자라는 마음에 재봉틀을 배우려고 만나게 된 사람들… 너무도 신이 났었다.

엄마가 쓰던 재봉틀을 갖고 내려왔다. 외할머니 때부터 쓰던 거라 많이 낡았지만 그럭저럭 웬만한 것은 다 만들 수 있었다. 너무 재미있어서 오만가지를 다 만들고 신이 났다. 에코백은 거의 백 장이 넘게, 원피스는 이백 장 정도, 그리고 수만 가지를 만들어 여기저기 나누어 주고 옷을 리폼하는 솔솔한 재미에 날샘을 새우기 일쑤였다. 가끔 지인들이 만들어 달라 해서 만들어 주기도 하고 팔기도 했지만 재룟값 빼기란 무리였다.

그러나 내가 만들어 준 옷을 입고 다니는 모습에 너무 행복한 시간을 보냈다. 아마도 속초에 와서 가장 행복한 날들이 아니었나 싶다.

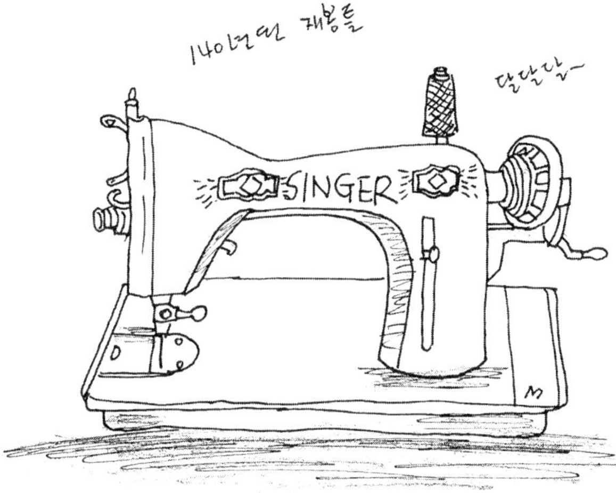
140년된 재봉틀
달달달~
SINGER
M

신세계

100년 된 엄마의 재봉틀이 고장이 났다. 할 수 없이 새 것으로 하나 장만하게 되었다. 신세계다. 발로 구르지 않고 버튼 하나로 재봉이 되고 노안이 온 나에게 너무나 좋다. 바늘을 자동으로 끼울 수가 있고 갖가지 방법으로 재봉을 할 수 있는 디지털 기능이 있다.

방학이면 하루 종일 재봉에 매달려 옷 만들기며 가방 만들기를 돌진 원단 지름신이 걸려 우리 집은 갖가지 원단이 쌓여 가기 시작했다. 옷을 만들고 가방을 만들어 부업을 할 생각으로 가득 찬 나는 미래를 꿈꾸기도 했다.

그러나 재봉 모임 블로그를 들여다보고는 나의 재능은 그냥 취미로 눌러앉아야 한다는 결론을 내렸다. 부업은 아닌 것 같다고 포기를 하고 지금은 가끔 필요한 것들을 위한 재봉질만 한다.

그러나 아직도 꿈은 버리지 못해 패션 디자인과를 편입할까 고민 중이다. 내가 생각해도 헛웃음이 나오는 나의 재봉질의 신세계는 곧 막이 내릴 것이다.

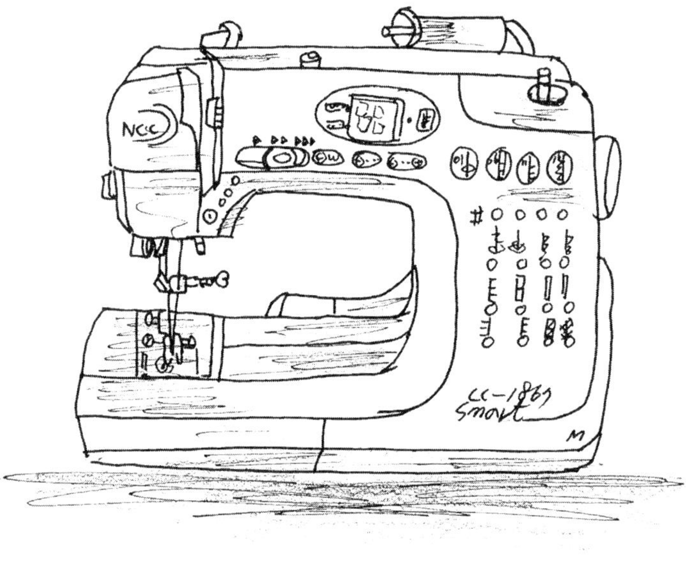

마스크

대란이 일었다. 코로나19라는 무서운 바이러스는 우리 삶에 파고들어 우리는 그것들과 투쟁을 하며 살아야 한다. 모든 것이 끊겼다. 살길이 막막하다. 어떻게 살아가야 할까? 준비하지 못한 나는 그동안 무엇을 하며 살아온 걸까? 나름 바쁘게, 열심히 살아왔다고 생각했으나 빈털터리로 하루하루 살고 있는 일용직 삶이라는 것을 코로나19를 통해서 깨달았다.

당장 먹을 것은 있는지 지인들이 여기저기서 안부를 묻는다. 혹여 혼자 있는 내가 굶어 죽을까 걱정들을 하면서 이것저것 음식이며 많은 것들을 가져다 주었다. 속초에서 내가 잘못 살지는 않았구나 하는 안도의 한숨으로 그들에게 보답할 방법이 무엇일지 생각해 보았다.

이어서 마스크 대란이 일었다. 나도 준비하지 못했는데 서울에서 사는 아들도 마스크가 없다고 하고… 여기저기 난리다. 대안에 천 마스크를 써도 된다는 속보에 쌓여가는 원단을 풀기로 했다.

처음에는 만들 줄을 몰라서 인터넷이며 여기저기 인터넷 무료 사이트를 오고가며 패턴을 떠서 마스크를 만들기 시작했다. 처음 하나를 만드는 시간은 두 시간, 그리고 섬점 손에 익어 나중에는 이십 분 정도면 하나가 후딱. 그렇게 망치고 쌓여가는 마스크를 수백 개 만들어 여기저기 나누어 주었다. 그리고 다음 달 닥친 카드 명세서… 기함을 하고. 있는 원단은 마스크를 만들 수 없는 것들과 구별하다 보니 또 원단 지름신을 펼친다. 그리고 날라 온 카드 값들… 휴

친한 후배가 알려 준다. 자기를 따라 해 보라 하며 늘 일러주던 예쁜 후배. 누가 선생님이 만든 거 보고 '예쁘다' 하면 '줄까?' 여기까지가 아니라 '만들어 줄까? 그럼 재료비는 줘야 해' 하면서 만들어 주되 재료비에 조금 보태서 받으라고. 끙, 장사도 안 해본 나에게는 그 말이 곤욕이다. 앞에서 가르쳐 준다.

"자 따라 해 보세욧."

큭큭… 나도 따라 한다.

"예쁘다."

"그럼 만들어 줄까? 재료비는 줘야해"

이렇게 수없이 연습을 하고 나도 팔기로 했다.

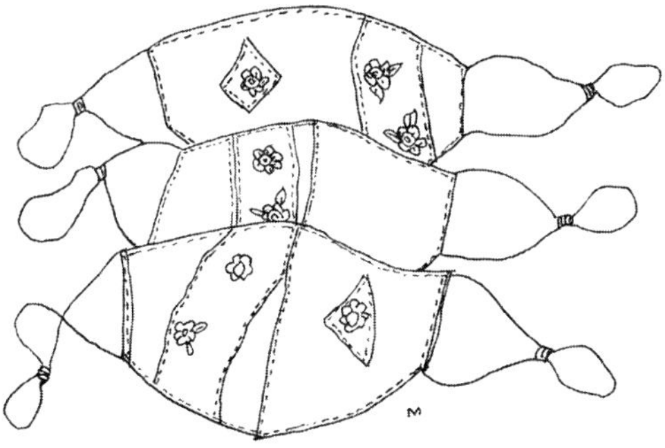

오징어 쿠션과 가자미 필통

속초 문화관광재단에서 시행했던 시민클럽 '굿즈' 모임에서 활동하기 시작했다. 수업과 병행하며 시작하는 일들이라 조금 바빴다. 수업이 비어 있는 시간의 짬을 내어 활동한다는 것이 좀 힘이 들었다. 그래도 우여곡절 끝에 오징어 쿠션이 만들어지고 가자미라는 캐릭터로 다양한 물건들을 만들었다. 내가 디자인하고 그린 것들이 많이 활용되어 보람되었다.

행사 때마다 내가 디자인한 것들이 시민들에게 보여지고 나누어지는 모습들에 기쁨이 일었다.

그 계기로 지금은 좀 더 확실하게 자리 매김할 수 있도록 캐릭터를 연구하고 다양한 디자인이 나올 수 있도록 공부하고 있다. 속초라는 것을 각인시켜 줄 수 있는 확실한 디자인이 곧 출현할지도 모른다.

자꾸 '내가 속초에서 열심히 살아왔다'라는 것을 실감 나게 해준다. 오늘 하루도 열심히 살아가고 있다는 증거이다. 단지 나를 위한 삶이 아닌 더불어 가는 모두를 위한, 속초를 위한 삶을 살아가기 위해 오늘 하루도 열심히 살아가고 있다.

우리, 또 내가 아는 모든 사람도 나와 같은 방향으로 살아갔으면 좋겠다. 그리고 그런 마음을 가진 사람들과 더 만나고 싶다.

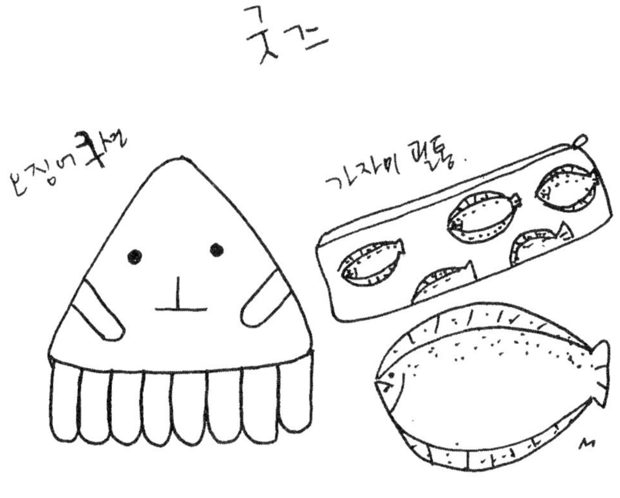

이충희 선생님

만날 때마다 두 손을 꼭 잡으시며
밥 먹으로 나오너라.
항상 같은 이야기
행여 밥 굶을까 봐요. 우스개 소리로 한다.
어느 날 조용히 두 손 꼭 잡고 걷는데
너는 내 숨겨 놓은 딸 같다.
두 손 합장하고 먼 길 떠나셨다.
장례식장에 앉아 하염없이 눈물 쏟고 있는데
다들 나만 보는 듯하다.
주책맞게 더 흐르는 눈물 폭포수가 되어 있다.
밥 먹으로 나오시라 할 때
한 번 더 나갈 걸 하는 후회
고운 미소 한 번 더 보고 올 걸 하는 후회

자주 뵙지 못했지만 가끔 강릉 나가서 뵈면 맛있는 밥을 사주셨다. 늘 사는 것에 대한 힘듦을 위로해 주시고 조곤조곤 고운 말씀으로 예쁘다, 예쁘다 해주셨다. 외롭다 하면 그냥 혼자 살아라, 다 거기서 거

기이니 열심히 그림 그리며 살라 하셨다.

어느 날 그렇게 고인이 되신 선생님.

숨겨 놓은 딸 같다던 선생님은 내 곁을 떠나가셨다.

김치 먹는 일

학교에서 캠프를 했다. 솜씨 자랑하려고 파절이, 오이무침 묵은김치를 들고 갔다. 솜씨가 너무 좋다고 여기저기 칭찬해 주신다. 김치 맛이 너무 좋아 밥 두 그릇 해치우셨다고 고기 먹으러 와서 밥만 많이 먹는다고 멋쩍어하시는 교감 선생님께 남은 김치를 싸드렸다. 너무 고마워하시는 교감 선생님. 작은 것을 주고받고 행복해하는 두 사람.

집에 와 된장국에 밥 말아 나도 김치 얹어 밥 먹고 있다. 맛있다. 세상살이가 이 김치 맛처럼 맛났으면. 그런데 나는 이 조그마한 김치 조각 먹는 만큼 세상살이가 맛나지는 않다.

코로나19

몇 년 만에 본 아들 녀석이 서울살이 힘들다고 푸념이다. 엄마는 혼자 외롭다고 푸념이다.

서로 이야기가 어긋나 감정이 부서지고, 엄마는 돌아오는 버스 안에서 내내 울고 있다. 아들 말인데 뭐가 그리 서운하다고 눈물이 비 오듯 쏟는다. 밤새 뒤척이며 울어도 울어도 눈물이 나온다.

찬 바람이 불면 바람 막아 준다고 앞서가며 엄마만 알던 녀석. 이제는 컸다고 가르치려 들고. 이제는 어른이라고 감히 엄마를 훈계한다. 나쁜 놈이다. 그 훈계들이 엄마 가슴에 못을 치는데 아들 녀석은 알려나 모르려나. 며칠 지나 언제 그랬냐는 듯. '엄마 김치가 없어.' 남자란 놈은 다 그렇다고 하네.

마스크 벗고 서울 나들이

3년 만에 서울에 갔다.

아들이 내뱉은 서운한 말에 잠깐 백화점 마실 간다하니 아들이 엄마가 길을 잃을까 걱정이라고 한다. 알아, 알아 이놈아, 내가 너보다 서울에서 더 오래 살았다.

아들이 설명해 주던 대로 전철을 잘 탈 것으로 생각했다.

잠깐 딴생각에 길을 잃었다.

교차로로 이어지는 길목에서 멍하니 서 있는 나

어디로 가야 할지 그리고 어떻게 해야 하지

정신을 차리고 겨우 제자리를 찾은 나

내가 살던 곳이었는데

익숙함이 갑자기 낯설어졌다.

도착하니 마중 나와 웃고 있는 아들 녀석 모습에 뭉클 눈물이 나왔다. 안도의 숨이 쉬어진다.

난 이제 서울 여자 아닌가 봐. 휴.

아들 녀석

여자 친구랑 도란도란 이야기를 나누는 모습이 예쁘다.

양쪽 어깨에 엄마랑 여자 친구랑 매달고 있다.

여자 친구는 오른쪽에 엄마는 왼쪽 손을 잡고 있다.

양손 잡으려니 힘들다고 엄마가 슬그머니 머리칼 올리면서 내려 놓는다.

둘의 모습이 너무 예쁘다.

엄마 다리 아프다고 천천히 가겠다고 뒤에서 둘의 모습 보면서 걸었다.

그냥 예쁘다.

나도 저런 시절이 있었다.

알콩달콩 살던 시절

두 눈에 꿀이 뚝뚝 떨어지던 시절도.

그냥 오래오래 이 시간이 멈추기를 바라던 시절도.

그런데 시간은 가더라, 그냥 가더라.

갱년기

터트리고 싶었지만 꾹꾹 눌러 참았다. 괜찮아지겠지. 시간이 약이야.

그러나 마음의 병은 더 커지고 말았다. 여기저기 날아온 말들이 내 마음속에 쿡쿡 눌러 쌓이고 결국은 견디지 못해 터져버렸다. 그런데 사람들은 지나간 것은 모르고 지금의 나만 바라본다.

어제도 그제도 지나간 수많은 말들이 나의 가슴속에 겹겹이 쌓여 나를 슬프게 한다. 내 뒤통수에 대고 하는 잡다한 말들. 내 맘속에 차곡히 쌓인다. 가득 갖고 집으로 데리고 왔다. 밤잠을 설친다. 며칠 동안 분함으로 내 육신은 고달프다.

나는 나를 버리고 그 잡다한 말들을 잡으려고 매진한다. 기력이 빠지고 마음의 병이 들쯤 마음을 비우는 일도 힘들다 이야기 한다. 그러게 왜 갖고 왔어. 진작에 버리지. 갖고 난 후 버리기는 너무 어렵잖어.

가끔은 내가 없는 것 같다. 가끔은 멍해진다. 가끔은 익숙한 것들이 어렵다. 그리고 가끔은 쉬운 말들도 서럽다.

그리고 가끔은…

쉐도우

팬데믹. 코로나19. 오미크론. 일상에 지친 나.
학교 중간 놀이 시간에 따스한 해를 보았다.
쭉 늘어진 내 그림자가 보인다.
문득 나는 어디 있는지 알 수가 없었다.
반복되는 일상에 지친 나, 지쳐 사는 나는 어디에 있는지.
저 그림자 속에 숨어 있다.

하루, 하루 삶이 지쳐간다.
벌판에 가끔 눕고 싶다.
물감 색으로 치면 샙그린
아니 비리디안
돗자리를 펼쳐 놓은 것 같다.
처음엔 멀리서 저것이 무엇이냐고 물었다.
벼라고 했다.
서울 촌년이 회색빛 속에서 살아서인지
벼도 보리가 익어가는 것도 구분하지 못한다.
들꽃 하나 이름도 모른다.

그래도 가끔

뚝방 길에 앉아 저 샘그린 벌판을 大자로 한번 뻗어 눕고 싶다.

서울에서 본 딸

늘 자나 깨나 엄마 걱정인 딸. 얼마나 보고 싶었는지 코로나도 끝나고 마스크를 벗고 오랜만에 만났다. 엄마가 좋아한다고 설렁탕을 먹으러 가자고 한다. 이구~ 저 가졌을 때 설렁탕 질리게 먹어서 언제부터 안 먹는 걸 모르는구나.

정말 맛집이라고 데려간 설렁탕집, 정말 맛없었다. 엄마가 속초에 살고, 세월이 흐르니 맛도 몸도 마음도 많이 변했다.

너무나 서로가 살아온 길이 달라진 지금인데도 아직도 아이들에게는 엄마이니 그때를 기억하는 우리 아이들.

이것저것 예쁘다면 옷이며 가방이며 골라주는 딸 앞에서 선뜻 막 고르지 못하고 마지못해 재킷 하나 그리고 티 하나 골랐다. 너무 예쁘다면 연신 말을 하는 딸. 그 속에는 그동안 엄마에게 뭐든 사주지 못한 미안한 마음이 서려있어 더 가슴이 아팠다.

버스를 타고 출발하려는 곳에서 아쉬움이 그득한 딸. 일이 아니라면 하룻밤 더 사고 오고 싶었다.

어릴 적 속 썩이고 늘 말썽쟁이로 엄마를 아프게 하던 딸. 이제는 엄마밖에 모르는 어린 시절로 돌아갔다.

사는 것이 참 어렵다.

서울의 하늘을 벗어나 나는 속초로 달려와야 했다.

연고도 없는 아무도 없는 낯선 이곳에서 난 이적지 살고 있다.

넌 이제 속초 여자야

오랜만에 서울을 갔다.

멀미를 하니 서울이든 어디를 가려면 큰맘을 먹고 가야 한다. 방학이라도 늘 허기진 사람처럼 바쁜 일상이지만, 큰맘 먹고 일상을 제쳐두고 가기로 했다. 서울에 도착해 가장 먼저 촌스럽게도 인사동을 돌아보게 된다.

여기저기 돌아다니다 보니 저녁 시간은 녹초가 되었다. 전철을 타니 우연스럽게 노약자 지정석 쪽으로 가서 서게 되었다. 다 외우던 전철 노선도 이젠 다 잊어버렸고, 여기저기 헤매고 다녀서인지 더 힘들었다.

빈자리가 나서 속으로는 정말 앉고 싶었다. 노약자, 임산부 지정석에 그냥 앉았다 여기 해당자가 오면 다시 일어날까? 고민 중이었는데 마침 노인 한 분이 앉으셨다. 포기를 하고 손잡이에 대롱대롱 매달리듯 서 있었다. 그런데 갑자기 그 노인이 일어나며 날 보고 앉으라고 한다. 놀라서 쳐다보니 너무 힘들어 보인다고 앉으란다. 괜찮다고 부득부득 사양을 하든데도 억지로 나를 앉힌다. 자기는 곧 내릴 거니 앉으라고, 힘들어 보여서 그런다고… 어쨌거나 겨우 앉아서 왔으나 내심 불편했다. 그래도 그래그래 앉아라 하면서 주위의 노인 분들이 권

하는 눈짓들이 정겨워 보이긴 했다.

내가 서울을 떠나온 지 이십육 년이란 세월이 흘렀다. 물론 많이 변했다. 거리도 사람도 교통도, 모든 것들이… 나는 속초에 살아도 내가 서울에 가면 그냥 그 자리일 줄 알았다.

허연 흰머리가 올라온 내 머리카락을 보면서도 서울에 온 내가 이십육 년 전의 내 모습이라는 착각에 빠져들고 말았다. 순간 내 나이가 이렇게 먹어버린 걸 모르고 말이다.

내 또래들을 찾아보았다. 저 사람일까. 아니야, 너무 나이 들었어. 저 사람? 아니야 너무 젊어. 몸매와 나이, 얼굴의 주름을 비교해 보면서 나와 동갑내기 모습을 찾느라 난 전철 속의 수많은 인파 속에서 눈을 굴리고 있었다. 눈앞에 아른거리는 20대, 아니 30대의 모습들을 나와 비교하면서 '나도'라고 착각하면서. 전철 안 유리에 비친 내 모습을 보곤 슬퍼했다.

가방은 두 개. 늘 서울에 오면서 짐 보따리를 가져오지 말자 맹세하면서도 또 하나씩 짐이 늘기 시작했다. 두 손에 들고 다니는 짐을 버리고 싶었다.

봄기운이 여기저기 만발했다. 청계천도 슬슬 차오르는 듯했다. 사람들이 몰려 있었다. 웬 청둥오리 두 마리가 놀고 있었다. 청계천에 청둥오리라 신기해서 한참을 보고 있었다. 아이들도 신기한지 이 이야기 저 이야기 물어보며 신나 한다. 그들의 엄마도 맞장구치고 있다.

문득 가족이 생각났다. 나도 가족과 같이 여기 왔으면 좋겠다는 생각이 들었다. 내게는 없는 가족. 다들 어디로 간 것일까? 내 고향인데도 낯설고 어설프게 지리도 모르고. 이곳에 살던 내 가족들은 다 어디로 간 것일까? 문득 나도 가족이 있었으면 했다. 그러나 지나간 것은 잊기로 한다.

다음 이동은 너무 가보고 싶었던 명동거리였다. 숨이 막힐 만큼 수많은 인파는 몇십 년 만에 처음이다. 내게 날개가 달린 듯싶었다.

'서울서 살고 싶다. 정말 여기서 살고 싶다'라고 내 젊음의 시절들이 다 기어 올라오는 듯하였다. 나 역시 서울 사람이란 말야, 여긴 내가 살던 곳이잖아, 내가 수없이 젊음을 이야기하며 다니던 곳이잖아. 울컥해졌다. 서울에 오면 내 지난 젊음들이 다시 되살아 날 것 같았다.

거리는 부산했다. 여기저기 살 거리도 많았고 짐들이 부딪히는 소리도 힘들지 않았다. 그리곤 내가 원했던… 내가 선망했던 명동 성당에서 미사를 봤다. 내가 꿈꾸었던 명동 성당, 나와 생각과 뜻이 맞는 사람과 결혼식을 올리고 싶었던 이 성당.

가족이 뿔뿔이 제각기 삶을 찾아 흩어진 지금 나는 이 자리에서 미사를 보고 있다. 다 다시 서울서 뭉쳐 살고 싶다는 생각이 들었다. 과연 나는 속초를 떠나올 수 있을까?

몇 시간이라도 더 버티기 위해 친정에서 묵었다. 내일은 예술에 전당, 그다음날은 고속터미널 쇼핑센터, 그다음은 광화문 등등…

그러나 친정에 오니 체력이 고갈된 듯 몸살을 앓았다. 딸아이가 피식 웃었다.

“엄마 서울오니 힘들지” 했다.

“그래.”

예전에 아들 녀석이 하던 말이 생각났다.

‘엄마 서울 하루 종일 돌아다니니 전철비가 엄청 들어요. 힘도 들고요.’ 그러더니 속초에 와서 몸살기 있다며 하루 종일 자던 모습이 생각난다.

나도 여러 가지 일정을 포기하고 친정에서 하루 내내 잠만 잤다. 걱정이 되었는지 엄마를 데리러 온 아들 녀석은 전철 타는 법이며, 지리며, 다 앞장서서 안내를 하며 씨익 웃었다. 엄마가 이제 서울 사람이 아니라는 인식을 심어주듯 말이다.

내가 올라탄 속초행 버스는 다시 나의 현실로 돌아가고 있었다.

나이

뜨거운 햇살
등줄기로 땀이 흐른다.
힘든 하루를 식히려 바닷물에 발을 담근다.
휴 터진 한숨이
청호동 방파제를 휘돌아
바다 바람이 된다.
소리 없이 시간이 흐르고
파도에 밀린 모래톱이
나이테 하나 그리고 있다.

속초에서 나이를 먹고 있다. 어느새 후딱 십 년. 그리고 이제는 이십육 년이란 세월이 흐르고 있다. 서울 토박이라고 하던 나도 서울에 가면 친구들이 그런다. 속초 사투리를 쓴다고. 그래 나도 이제 속초 여자가 되어가고 있다. 제2의 고향이 되었다.

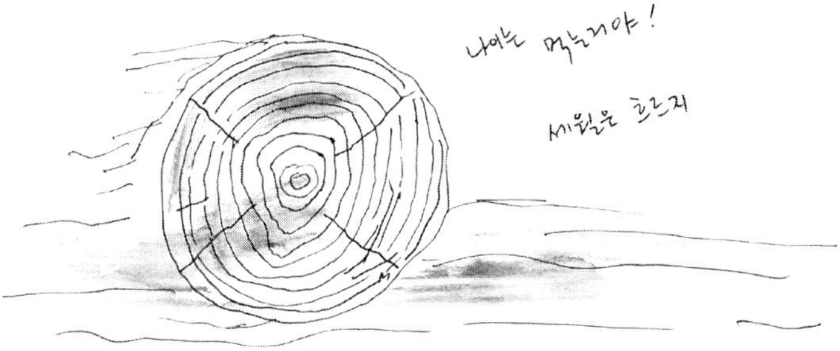
나이는 먹는거야!
세월은 흐르지